com
men
tator
commentator hideo okuda
コメンテーター
奥田英朗
文藝春秋

目次

初出誌「オール讀物」
コメンテーター　二〇二一年九・十月号
ラジオ体操第２　二〇二二年七月号
うっかり億万長者　二〇〇七年一月号
ピアノ・レッスン　二〇二二年九・十月号
パレード　二〇二二年十一月号

コメンテーター

装丁　石崎健太郎
写真　橋本　篤
撮影協力　フジテレビジョン

コメンテーター

1

夕方のミーティングはいつも畑山圭介《はたやまけいすけ》を憂鬱《ゆううつ》にした。午後四時の番組終了直後から始まるその会議は、前半はその日の内容の反省会に終始するのだが、司会者とアシスタントが帰ると、スタッフだけが残され、前日の視聴率についてプロデューサーの宮下《みやした》から叱責を浴びせられるのである。

「一・六パーセントって何じゃこりゃあ。一体何人見てんだ。そこいらのユーチューバーだってもう少しましな視聴率を稼ぐぞ。超大盛のカップ焼きそばを何秒で食べられるかとか、街でたばこのポイ捨てを注意して通行人と揉めるとか、そういうのに負けてんだよ、うちの『グッタイム』は。お前ら、素人に負けて恥ずかしくねえのか！」

宮下がマスクを下ろしたまま声を荒らげ、会議テーブルをバンバンと叩く。十人ほどいるディレクターやADは体を引き、飛沫がかからないよう、顔をそむけた。宮下は絵に描いたような昔気質《かたぎ》のテレビマンで、常に威勢がよかった。視聴率を取るためなら裸踊りも辞さないイケイケ体質である。

「企画がありきたりなんだよ。どっかで見たことのあるネタばかりじゃねえか。後追いが悪いとは言わねえが、それをするなら新しい切り口を見つけて来いよ。お前ら、ぬるいんだよ！　仕事を舐《な》めんじゃねえぞ！」

宮下の怒りは収まらない。民放のうち三局が午後のワイドショーを放映する中、中央テレビの『グッタイム』は視聴率で負けっ放しなのである。最後発で放映を開始してまだ一年というハンディはあるものの、一・六パーセントという数字は、いつ番組が打ち切られても不思議ではない。

宮下は、視聴率が低迷する午後の時間帯にテコ入れするため、送り込まれた敏腕プロデューサーだった。長らくヴァラエティ番組を制作し、いくつもの高視聴率番組を世に送り出した制作部のエースである。

一方の圭介は、中央テレビに入局以来、五年間ずっとドキュメンタリー番組に携わってきたが、今年の春、突然ワイドショーへの異動を命じられた。ある事態により、局全体が大幅な編成替えを余儀なくされたのである。ある事態とは、新型コロナウイルスの世界的蔓延である。

一昨年の暮れ、中国・武漢で発生した新しい感染症は、瞬く間に世界に広がり、あちこちで人の行動を制限するロックダウンが行われた。その結果、世界経済は落ち込み、テレビ業界にも波及した。広告収入が激減し、予算のかさむ番組は次々と終了に追い込まれ、代わりに安上がりなワイドショーが午前と午後、それぞれ数時間を占めることとなった。圭介は、それによる人手不足から「二年くらい行って来い」と異動させられたのである。

圭介は大いに不満だった。クリエイティヴな仕事じゃないし、そもそもワイドショーが好きではない。

「おい、畑山。視聴率が伸びない原因は何だ。遠慮しねえで言ってみろ」

宮下に凄《すご》まれ、圭介はおずおずと答えた。

「あのう、うちはコメンテーターで負けてるんじゃないかと。コロナ関連のネタだとくに……」

以前から感じていることだった。弁護士、大学教授、お笑い芸人など、弁の立つコメンテーターを一通り揃えてはいるが、個性に欠けた。視聴者からの苦情を恐れることから、どうしても無難な人選になりがちなのだ。差別的発言などあった日には、上層部とスポンサーから大目玉を食らう。

「そうだよ。お前の言う通りだよ。こっちから出演を頼んでおいて失礼な話とは思うが、うちのレギュラー陣には華がないんだよ。そろそろ飽きられてるしな。それだってお前らが日頃アンテナを張ってないせいだ。新テレの『ヨシノヤ』に最近出てる美人女医。あの女医さん、色っぺえよな。パイオツ、こんなんでよ。どうしてうちはああいうのを連れて来れねえんだ」

宮下が、両手で乳房を揺らす仕草をして言った。女性スタッフもいるというのに。

「新テレはミスコン受賞者の名簿から、医者とか弁護士とか、異色の経歴を持つ人間を逆にたどってスカウトしてくるみたいですね」

別のディレクターが答え、圭介はなるほどと感心した。コメンテーター探しはどこも必死なのだ。

「知ってんのならうちもやれよ！　黙って見てるのか！」

宮下が声を荒らげ、テーブルを叩く。そして貧乏揺すりをしながら、パチパチと目を瞬かせた。この男の癖だ。

「いや、しかし、それはもう先を越されたので、ほかの方法で……」

「じゃあ、それを考えろ！」

宮下がついにはペットボトルを壁に投げつけた。立派なパワハラだが、半分は演技だとわかっているので、圭介たちは黙って見ているだけである。

「いいか。とにかく新しいのを連れて来い。多少怪しい経歴の人間でもいい。お行儀よくしてたら裏番組にドンドン離されるぞ。いいか。コロナはワイドショーにとって千載一遇《せんざいいちぐう》のチャンスなんだ。これまで爺さん婆さんの暇つぶしだった昼のワイドショーに、今は現役世代も食いついてるんだ。テレワーク様々なんだよ。ネットの反応を見ても、二十代、三十代がちゃんと見てる。『ヨシノヤ』のコメンテーターの女医さん、いい女だよなあ、イッパツやりてえよなあって、みんな書き込んでるんだよ。うちも続け。わかったか！」

宮下が最後まで怒鳴り続け、会議は終わった。やれやれといった表情で、スタッフが会議室を出て行く。圭介もデスクに戻ろうとしたら、宮下に呼び止められた。

「おい、畑山。お前、麻布学院大の出身だったよな」

「ええ、そうですが」

「麻学なら医学部があるだろう。誰か知り合いはいねえのか。コメンテーターとして使えそうな医者は」

「さあ、ぼくは経済学部で、医学部はキャンパスが別だから、まるで縁がありません」

圭介が首を振って答える。医学部生は金持ちの子弟ばかりだったので、端《はな》から住む世界がちがうと思い、近寄ることもなかった。

「お前がダメなのは、最初から諦《あきら》めることだ。おれの前で『出来ません』は通用しねえぞ。美人女医を連れて来い。感染症の専門家はあらかたさらわれたから精神科医だ。もう一年ほどコロナ鬱が社会問題化してるだろう。それを解説し、有益な対処法を説いてくれる美人精神科医だ。ブスと年増《としま》は許さん。三日以内に探して出演交渉しろ。いいな」

「いや、そんな急に……」

「何だ、お前、出来ねえってか?」

「わかりました……」

「ようし。頼んだぞ。理屈はいい、数字を出すんだ。それがおれたちテレビ屋の仕事よ」

宮下が、決め台詞でも言ったつもりなのか、ハードボイルドに肩を揺らして去って行く。圭介は深々とため息をついた。バブルを経験したマスコミ人は総じてナルシストである。宮下はその典型だ。今どきポロシャツの襟《えり》を立て、サマーセーターを肩掛けしている。

言いつけられた以上、やらないわけにはいかないので、圭介は大学時代の同級生に連絡した。卒業後、大学に職員として就職した男だ。総務部勤務というから、医学部や大学病院にも知り合いはいるはずである。

電話をかけ、事情を話すと、「知らねえよ」とつっけんどんに言われた。

「だいたい美人精神科医って何だ。立派な差別だろう。これだからテレビは品がないって言われるんだよ」

「そう言うな。礼はするから。誰か紹介してくれよ」

圭介は猫撫で声で食い下がった。ワイドショーに配属されてからというもの、頭を下げることにすっかり慣れた。

「紹介するといっても、大学病院だと教授に話を通さなきゃならないし、何かと面倒なんだぞ。医局ごとに派閥もあるし」

「じゃあ、開業医で心当たりはないか。卒業生で使えそうな精神科医」

圭介が尚《なお》も食い下がると、元同級生は「うーん」と唸《うな》り、「あるにはあるが……」と言った。

「どこよ。紹介してよ」

「世田谷に伊良部《いらぶ》総合病院ってのがあって、そこはうちの医学部とつながりが深いかな。息子が精神科医で麻学の卒業生なんだよ」

「おお、丁度いい。じゃあ、そこにお前から聞いてみてくれよ。おれが直接電話するより信用してもらえるし」

「しょうがねえなあ。今度メシ奢《おご》れよ」

元同級生は渋々引き受けてくれた。

一旦切り、折り返しの電話を待つ。三十分ほどしてかかってきた。

「あのな、伊良部総合病院の代表に電話をかけて用件を伝えたんだがな。院長の息子っていう精神科医につながって、何か、やたら乗り気なのよ」

「あ、そう。よかった」

圭介は安堵《あんど》した。さすが母校のコネクションは役に立つ。

「いや、それが、どうも自分が出演依頼されたと勘違いしたらしくて、『出る、出る』って、電話の向こうではしゃいじゃってるのよ」

元同級生が困惑した声で言った。

「はあ？　じゃあ説明し直せよ、必要なのは美人精神科医だって」

「いや、おれはちょっと……。お前が言ってくれ」

「どういうことだ」

「伊良部家は、うちの大学の有力スポンサーなんだよ。創立百周年のとき、記念講堂建設費用の不足分をポンと出してくれたのも伊良部家だしな。機嫌を損ねるわけにはいかないんだ」

「そんなこと、おれに関係あるか」

「とにかく一度会いに行って、自分で誤解を解いて来い。何なら一度くらい出してやれよ。知り合って損はないと思うぞ。父親の伊良部院長は日本医師会のお偉いさんで、母親はユニセフだか赤十字だかの理事だ。一家揃ってセレブだから、マスコミにはいいコネになるだろう」

「お前、勝手なことを言うな。美人精神科医がいなけりゃ用はないんだよ」

「とにかく、よろしくな」

「ちょっと待てよ——」

強引に電話を切られ、圭介は舌打ちした。仕事が進むどころか、余計な手間が増えただけである。

無視するか——。いいや、母校のコネを蔑《ないがし》ろには出来ない。圭介は面倒だが会いに行くことにした。うまく誤解を解けば、美人の精神科医を紹介してもらえるかもしれない。

壁に並んだテレビモニターでは、各局の夕方のニュースが放映されていた。今日の東京の新規感染者数が三日連続で千人を超えたとテロップが伝えている。また緊急事態宣言が出そうだ。テレワークとは無縁な仕事なだけに、毎度恨めしい数字である。


伊良部総合病院の神経科は本館の地下室にあった。一階ロビーが高級ホテルの佇まいなのに、一転して殺風景である。廊下に人の往来はなく、「神経科」の札がなければ、倉庫にでも迷い込んだのかと勘違いするほどだった。だいいち廊下には段ボール箱が積まれ、ベンチすら置いてないのだ。

恐る恐るドアをノックすると、中から「いらっしゃーい」と甲高い男の声が聞こえた。ドアを開け、部屋に入る。正面のデスクには、でっぷりとした中年の医師が座っていて、椅子をくるりと回転させ、満面の笑みで出迎えた。

「あのう、わたくし、昨日電話を差し上げた中央テレビの……」

「うん、聞いてる。畑山さんね。麻学の卒業生なんでしょ」

医師が椅子に深くもたれ、短い足を広げて言った。白衣の名札に目が行く。《医学博士・伊良部一郎《いちろう》》とあるので、この人物が院長の息子のようだ。

「ワイドショーのコメンテーター、いいよ、引き受けても。ぐふふ」

伊良部がうれしそうに歯茎《はぐき》を見せる。医師なのにこのコロナ禍にマスクをしていなかった。

「いや、それなんですが……」

「前から出たかったんだよね、ぼく。実は、そろそろ声がかかるんじゃないかって、そう思ってたの」

「ええ、ですから……」

「コロナで感染症の専門医が、ニュースやらワイドショーにどっと出るようになったじゃん。知ってる人も何人かいるんだけど、つまんないんだよねー。言ってることはワンパターンで面白くもなんともないし。そもそも新規感染者数に対して、毎日コメントすることなんかないって言うの。ただの数字」

「いや、まあ、わたしもそう思うんですが……」

「で、精神科医の立場からコロナ禍に物申すわけね。任しておいて。ぼくがバシッと言ってあげるから」

「いや、その……」

圭介が誤解を解こうとするも、伊良部は人の話を全く聞かなかった。

「とりあえず、ワクチン接種しておこうか。まだなんでしょ？」

「えっ。ワクチン接種って、コロナのですか？」

「そりゃそうだよ。おーい、マユミちゃん」

伊良部が奥に向かって呼びかけると、カーテンが開き、ミニスカートの白衣を着た若い女の看護師がワゴンを押して出て来た。

「いや、でも、打っていいんですか？　ぼくはまだ区役所からのワクチン接種券も送られていないし、職域接種も実施できるか不透明なんですけど」

「何よ、打ちたくないの？　どうせただだよ」

「いや、しかし、いいんですかね。みんなが順番を待ってるときに……」

「平気、平気。うちなんかウーバーイーツの配達員にも打ってあげてるし」

「そうなんですか？」

戸惑っている中、マユミという看護師にポロシャツの袖《そで》をまくられた。消毒液を塗られる。注射器を手にしたマユミが屈《かが》み込み、つい胸の谷間に目が行ってしまった。

ぶすりと射される。「痛ててて」思ったより痛かった。人の息を感じ、振り向くと、すぐ目の前に伊良部の顔があった。鼻の穴を広げ、興奮した様子で、注射針が腕に刺さった様子を凝視している。何なのだ、この病院は。圭介は異空間に迷い込んだような感覚に陥った。

「いいねえ、筋肉注射は。角度がちがうもんね。九十度にブスッと」

伊良部が満足そうに相好を崩す。

「はあ……」

圭介は返事に窮した。そう言えば、ワクチン接種なのに事前の問診がなかったことに気づく。

「先生、問診なしで打ってもよかったんですか？」

「何よ、アレルギーとかあったわけ？」

「いいえ、とくには」

「じゃあ、いいじゃん」

伊良部が悪びれもせず言った。しばし耳を疑う。注射器を片付けたマユミは、ソファに腰かけ、だるそうに足を組んだ。黒のストッキングを穿《は》き、ガーターが露出している。ここは何かの店かと、そんな錯覚に襲われた。

「で、いつスタジオに行けばいいの？」と伊良部。

「いえ、最初はリモート出演で。なにぶんこのご時世ですので、密を避けるということで……」

「何だ、つまんない。出かけたかったのに」

伊良部が子供のように頬を膨《ふく》らませる。いや、そうじゃない。誤解を解かなければ。

「ところで先生。出演のことですが……」

「衣装は自前？　スタイリストはつかないの？」

「普通、コメンテーターにスタイリストは……」

「じゃあいいか。服はたくさんあるし」

「いや、そうじゃなくて、どなたか女性の精神科医を……」

「出演料はどうなの？　ドカーンと出るわけ？」

人の話を聞けよ——。心の中で叫ぶが通じない。

「いえ。医師は通常、文化人枠なので、二万円程度で……」

「そうなの？　ケチだなー。で、ズーム会議と同じ要領でやればいいわけね。おーい、マユミちゃん。またパソコンの設定してね」

「いい加減、自分で覚えたらどうですか」

マユミが面倒臭そうに言う。いつの間にかエレキギターを抱え、爪弾《つまび》いていた。

「だってわからないんだもん」

伊良部が口をとがらせる。そして圭介に向かって「機嫌が悪い」とささやいた。

「ほら、ライヴハウスが営業自粛してるから、バンド活動できないじゃん。それでフラストレーションが溜まってる」

「何の話ですか」

「マユミちゃんのバンドの話」

「はあ……。いや、そうじゃなくて——」

「いいよ、もう帰って。後で出演時間だけメールで知らせて」

伊良部が言った。「さてと、当病院のワクチン接種会場でものぞいてこようかな」立ち上がり、伸びをする。

「いいよね。毎日注射が拝めるって。コロナ万歳。ははは」

伊良部が、パタパタとサンダルの音を立て、診察室から出て行った。マユミと目が合う。無言で顎《あご》をしゃくられ、圭介も退室することにした。

何だ、この病院は――。圭介は夢でも見ているような気分だった。

2

「で、美人精神科医は見つけて来たんだろうな」

翌日の企画会議で、宮下が凄んで言った。

「いや、その。精神科医の出演オーケーはもらって来たんですが、女医は見つからなくて、男性ドクターに……」

圭介が頭を低くして、昨日のいきさつを伝えた。宮下の顔が見る見る険しくなる。

「じゃあ、マダム連中がポッとなるイケメンなんだろうな」

「いや、その、個性的なドクターではありますが……」

「おれは何て言った？　ブスと年増は許さんと言ったはずだぞ。それすら守れず不細工なオッサンかよ」

「宮下さん、ブスと年増は差別です」

聞いていられなくなった女性スタッフの一人が抗議した。

「おお、悪かった。じゃあ、スーブーとチャンバア（婆ちゃん）、それでいいか。あのなあ、テレビは綺麗ごと言ってちゃ務まらねえんだよ。局アナにスーブーがいるか？　チャンバアが現役でいられるか？　テレビにはテレビ映えってやつがあるんだよ。不細工なのが画面に出れば、視聴者はそれだけでチャンネルを変えちまう。お前ら当たりクジを引いたことがねえんだろう。だからそんなぬるいことを言ってんだよ。今、タレントやってる昆虫クン、あの男を大学の研究室で発見して、こいつは行けると踏んで最初にテレビに出したのはおれだ。そしたら、たちまち子供に人気が出て、番組で作ったキャラクターグッズまでウハウハの大売れよ。おれたちは企画屋であると同時にスカウトなんだ。それを理解しろ」

宮下がつばきを飛ばして捲《まく》し立てた。乱暴な言い草だが、確かに的を射ているので、誰も言い返せない。

「で、どうするんだ。そのセンセイ、今日の番組で出すのか？」

「ええ。まずはリモート出演なので、話が盛り上がらなかった場合、司会者が振らなきゃいいわけですから、融通は利かせやすいかと……」

圭介が恐る恐る言った。

「ふん。だったら、お前が司会の石田《いしだ》チャンに言っておけよ。それにしたって、野郎の精神科医とは、色気も何もあったもんじゃねえな」

「あのう、伊良部先生は父親が日本医師会の重鎮なので、この先、少しは利点もあるんじゃないかと……」

「うるせえ、言い訳してんじゃねえよ。おれが欲しいのは今日の視聴率だ。そのセンセイとやらは一回限りだからな。これでもお前の顔を立ててやってんだ。感謝しろよ」

宮下が貧乏揺すりをしながら、目を瞬かせて吐き捨てる。圭介は憂鬱になった。あとは、あの変な精神科医が無事コメンテーターを務めることを祈るだけである。

放映開始三十分前になってリハーサルが始まった。出演者の代わりにスタッフを座らせ、照明と音声のチェックをする。このとき、リモート出演者の映像チェックもした。スタジオに用意したスクリーンと副調整室のモニターに伊良部の顔が映る。

「伊良部先生、畑山です。今日はよろしくお願いします！」

圭介が副調整室から呼びかけた。

「うん、よろしくねー」

伊良部が明るく答える。

「先生、その衣装は……」

圭介が問いかけた。ストライプ柄の派手なスーツを着込み、赤い蝶ネクタイをしているのだ。

「最近出かけることがないからねー。ちょっとオシャレしてみた」

「あのう、白衣がよろしいかと……」

「えー、そうなの？」

「ネクタイはそのままでいいですから、せめて白衣を」

「しょうがないなあ」

伊良部が一旦、画面から消えた。

「おい、畑山。あれが伊良部って医者か」

隣のプロデューサー席で宮下が言った。声は低く、ため息が混じっている。

「親が医師会のお偉いさんだか知らねえが、太ったヒキガエルか、びっくりした河豚《ふぐ》じゃねえか。あんなの、画面に映るだけで放送事故だろう。てめえ、今日の放送が終わったら総括してやるからな」

白衣を羽織った伊良部が、再びモニターに映る。

「先生、うしろのゴジラは」

圭介が聞いた。伊良部の背景には人の背丈ほどのゴジラの模型があったのだ。

「ああ、これね。ゴジラじゃなくてコジラ。ネット・オークションで買った中国製フィギュア。診察室は殺風景だから小道具にと思って」

「先生、それはちょっと……。すいませんが片付けていただけますか。番組の趣旨から外れますし、東宝も黙ってはいないかと……」

「何だ、つまんないの」

伊良部が渋々片付ける。

「おい畑山。おれは不吉な予感がしてしょうがねえんだがな」

宮下が眉をひそめて言う。圭介も心配になって来た。

スタジオに司会の石田が現れ、フロアディレクターと打ち合わせを始めた。スクリーンに映る伊良部について説明を受け、挨拶《あいさつ》をした。

「先生、初めまして。司会の石田です。今日はよろしくお願いします」

石田は元局アナで、さわやかなルックスと真面目な人柄で売り出し中の若手司会者だった。

「うん、よろしくねー」伊良部が屈託なく返事をする。

「番組の中で、コロナ禍におけるメンタルヘルスについて特集コーナーを設けております。そこで先生にコメントをいただく予定です。スタジオのレギュラー・コメンテーターからも質問があるかと思いますので、簡潔にお答えいただければ幸いです」

石田が丁寧に説明する。ただ、伊良部の「オッケー」という小学生のような語尾を伸ばした返事を聞き、変わった人物であると察知した様子でもあった。

圭介は、石田の番組さばきにすがることにした。リモート出演だから、振らなければいいのである。いざとなったら回線を切り、機械のせいにして番組から外せばいい。

「畑山。下打ち合わせはしてあるんだろうな」と宮下。

「ええ、もちろん。午前中、電話で話しました。孤立によるコロナ鬱にどう対応したらいいかと訊ねたら、好きなだけ趣味に走ればいいんじゃないー、と言ってましたが」

「つまんねえなあ。ありきたりだが、ま、いいか。このセンセイに期待は出来ねえな」

宮下が唸《うな》りながら顎を掻いている。

放送十分前になって出演者がスタジオにやって来た。互いに挨拶をかわし、席に着く。弁護士、元代議士、タレント、元五輪メダリストなど、茶の間では知られた顔ばかりである。

近年、情報番組のコメンテーターは流行の職業だった。本業で少しでも実績があれば、それを肩書としてコメンテーターのポジションを得ることが出来る。大衆は権威に弱いため、一度テレビで顔が売れればさらに権威が増す。基本は井戸端会議なので、専門知識などなくても務まった。場の空気を読み、少し本音をまぶし、少し面白いことを言う。その匙《さじ》加減がうまい人間が生き残り、コメントで禄を食《は》む。要するに新手のテレビタレントなのである。

テレビ局としても、ギャラが安く、簡単に入れ替えの利くコメンテーターは便利な出演者だった。司会者が多少いじっても、うるさいマネージャーが出て来ることもない。

時間になり、番組が始まった。収録番組に慣れていた圭介にとって、生放送は毎度緊張を強いられる。一番の心配は放送事故だ。

「みなさん、こんにちは。今日も『グッタイム』の時間がやってまいりました。最後までどうぞお付き合いください。さて、本日のコメンテーターをご紹介します。家族問題に詳しい弁護士の津田《つだ》はるかさん、シドニー五輪銅メダリストで現在は東日本大学柔道部コーチの矢田《やだ》静香《しずか》さん、自称B級グルメ評論家、タレントの仲代《なかだい》ジョージさん……」

それぞれがカメラに向かって笑顔でお辞儀をする。

「そして本日は、もうひと方、新しいコメンテーターにリモート出演していただきます。伊良部総合病院・精神科医師、伊良部一郎先生です。先生、初めまして。司会の石田と申します。今日はよろしくお願いします」

「うん、よろしくねー」

伊良部が無邪気に手を振っている。

「先生、気さくな方ですね」

石田が笑って突っ込み、出演者の間にも笑いが広がった。

「蝶ネクタイが素敵」すかさず番組アシスタントがフォローする。

「精神科医は、まず患者をリラックスさせることが大事ですからね。きっと患者さんにも人気のお医者さんかとご推察します」

石田がさすがの話術でまとめ、番組が始まった。

話題は連日、新型コロナウイルスの感染状況がトップである。すでに何度も緊急事態宣言が発令され、そのたびに国民は自粛を強いられているが、宣言が解除されればすぐ感染者が増加し、イタチごっこの様相を呈していた。国民はみな自粛疲れしていて、政府の言うことを聞かないのである。この日も、夜の繁華街や広場で路上飲みをする若者グループの映像を流し、出演者たちが順に意見を述べた。困ったことですねと、そんなコメントが続く。

「では、ここで伊良部先生のご意見を伺いましょう。先生はどう思われますか?」

石田が意見を求める。圭介は副調整室で息を呑んだ。

「仕方ないよねー。売ってるんだから。コンビニで酒が二十四時間買える国なんて日本くらいだもんねー。午後六時以降は酒類の販売禁止。これでみんな諦めて家に帰るんじゃない」

伊良部が快活にコメントした。「なるほど」とスタジオから声が上がる。

「ほう、案外まともじゃねえか」

副調整室で宮下が言った。圭介は少しほっとした。

「しかし先生。現在の法律で禁止は無理として、販売の自粛要請をしたら、また補償金の問題が発生するわけですよね。実施するには時間がかかるんじゃないですかね」

石田が質問をする。

「じゃあ値上げする」

「はい？」

「缶チューハイ一本一万円。買える若者は少ないんじゃない？　あはは」

伊良部が大口を開け、笑って言った。石田は返事に詰まり、フロアディレクターに（何この人）と目で訴えかけている。

「おい。やっぱだめだ、こりゃ。このセンセイは今日限りだわ」

宮下が投げやりに言った。圭介も心の中で嘆息した。

その後も、伊良部は奇天烈《きてれつ》なコメントを発した。曰《いわ》く、「放水車で水をかけて追い払う」「右翼団体をけしかけてマイクで脅す」「催涙弾を発射する」——。いずれも反応に困る発言で、出演者たちは苦笑するばかりである。

「先生、デモ隊の鎮圧じゃないんですから」と石田。

「いいじゃん。ロシアや中国なら普通にやるんじゃない？」と伊良部。

スタジオには、大丈夫かいなという空気が漂っていた。

「ふざけてるのか、このセンセイ。お笑い芸人の深夜放送ならいいけど、昼のワイドショーでこれはねえだろう。苦情の電話がジャンジャン来てるぞ。お前の責任だから、お前が対応しろよ」

「はい……」

宮下の文句に、圭介は副調整室でひたすら身を縮めていた。

「では先生、今日の本題に移りますが、コロナ禍以降、通常の社会生活が送れず、鬱症状を発症する人が増えていると言われていますが、先生の病院ではどうですか？」

石田が聞いた。

「うちは来ないなー。一度院内感染があって、それで新規の外来はしばらく断っていたから。それに鬱は不要不急だからねー。みんな家にいるんじゃない？」

伊良部が明るく答える。

「そうですか。では、コロナ鬱に関して、精神科医の観点から何かアドバイスがあればお伺いしたいのですが」

「平時と思うから、外食できないとか、遊びに行けないとか、友だちと会えないとか、不満が出てくるわけなんだよねー。そう思わなきゃいいんじゃない？」

「ほう。つまり、それは巷間よく言われる、現在世界は戦時下にあると、そう個人個人が認識するわけですね」

「まあそうだけど、戦争よりゾンビの方が楽しいんじゃない？」

「ゾンビ？」

石田が眉をひそめる。

「そうそう。家の外にはゾンビがいっぱいいる。姿形は人間だけど、襲われて噛まれると自分もゾンビになる。そう思えば、みんなドアに鍵かけて家でじっとしてるんじゃない？　もっとも自分もゾンビになって自由に歩き回るっていう選択肢もあるけどね。全員がゾンビになれば怖くない。集団免疫ってそういうことだから。あはは」

「ええと、コロナをゾンビにたとえるわけですね」

石田が笑顔を保ちつつも、フロアディレクターを見た。その顔には（これでいいの？）と書いてある。

そのとき、伊良部の背景にギターを抱えた白衣の女が現れた。ヘッドフォンを装着し、音楽に合わせているのか腰をクネクネさせている。

「何だ、あの黒のレスポールを提げたチャンネエ（姉ちゃん）は」宮下が聞いた。

「看護師です。この前もいましたから」圭介が答える。

「いよいよ放送事故じゃねえか。回線切るぞ」

「あのう、先生。うしろの方は……」

スタジオの石田も聞いた。

「ああ、うちのナースでマユミちゃん。バンドやってて、インディーズでは結構有名らしいんだけど。おーい、マユミちゃん。テレビに映ってるよ」

伊良部が振り返って画面を指さすと、マユミは体を揺らしたままレンズに顔を近づけ、口の端をひょいと持ち上げた。まるでロック・ミュージシャンのプロモーション・ビデオである。

「いやあ、先生の病院はユニークですねえ」

石田が冷や汗をかきながらフォローする。

「カッコいいナースさん。おれ、ワクチン接種は先生の病院に行きますわ」

出演者のタレントが発言し、スタジオが笑いに包まれた。

「ちなみに先生の病院では、ワクチン接種は行ってるんですか?」と石田。

「うん、してるよー。区の個別接種会場だから」

「先生も医療従事者として、とっくに接種してると思いますが、副反応はどうでしたか?」

「翌日、腕が痛いくらいかな。ぼくは以前コロナに感染してて、抗体があるからどっちでもよかったんだけどねー」

伊良部が意外なことを打ち明けた。

「えっ。先生、コロナに感染してたんですね。それはやはり、さっきおっしゃってた院内感染によって……」

「まあそうだけど、原因はうしろのマユミちゃん。そろそろ緊急事態宣言が発令されそうだってときに、下北《しもきた》でバンドのライヴを決行して、狭いライヴハウスが若者でもみくちゃ。そこでクラスターが発生して、マユミちゃんが病院に持ち帰ったわけ。ねえ、そうだよね――って、ヘッドフォンしてるから聞こえてないか。ははは」

「で、先生は大丈夫だったんですか?」

「ううん。三十九度の熱が出て死ぬかと思った。マユミちゃんは無症状だったんだけどね。コロナは不公平だよねー」

伊良部が口をとがらせる。その間もうしろでマユミが腰をクネクネさせていた。

「おい、もうたくさんだ。このオッサンを映すな」

宮下が台本を宙に放り投げて言った。この先は伊良部に話を振らないよう、マイクでフロアディレクターに指示を出す。

「やい、畑山。てめえ、総括してやるからな」

「すいません。でも笑いは取れているようで。一応、番組は盛り上がったんではないかと……」

「お笑い番組じゃねえんだよ。コロナは死人だって出てんだぞ。笑っていいことと悪いことがあるだろう。スポンサーから苦情が来たら、てめえが説明に行くんだぞ」

宮下の怒りは収まらない。石田は宮下の指示に従い、以後、伊良部に振ることをやめたが、伊良部の印象はことのほか強く、他の出演者のコメントが全部吹き飛んでしまった感があった。テレビはインパクトが支配するメディアなのである。

番組終了時に、もう一度伊良部が映った。ニッと笑う表情は水族館のアザラシそのもので、後ろのマユミが飼育係に見えた。

反省会では、案の定、視聴者からの苦情電話が取り上げられた。メールでの《ご意見・ご要望》ではなく、局に直接電話をかけてくるのは高齢者に多い。当然、冗談は通じず、ふざけ過ぎて不愉快という電話ばかりだった。

「みんな、今日来た苦情はすべて畑山の責任だ」

宮下が冷淡に言った。

「でも、生放送にハプニングは付き物で、そのひとつと思えば、それほど目くじらを立てるようなことでもないんじゃないですか。現にウケてたし。苦情は一部ですよ」

女性スタッフの一人が助け舟を出してくれた。

「ふざけるな。午後の情報番組にハプニングなんか必要ねえんだよ。視聴者の大半は保守層だぞ。スポンサー企業の顔ぶれを見ればわかるだろう」

「でも、コロナ、コロナでマンネリ化してる中、週イチでもコーナーとして登場していただくのはありかと……」

ほかのスタッフも同調する。

「何だ、お前ら。あのセンセイが気に入ったのか」

「そうじゃないですけど、得難いキャラクターではあるかなと……」

「だめだ、だめだ。全員で美人精神科医を探して来い！」

宮下がテーブルをバンバンと叩き、スタッフたちは黙り込んだ。昼のワイドショーは毒気を好まない。わかっているだけに、誰も反論できなかった。

圭介はデスクに戻り、伊良部に断りの電話を入れることにした。一応、お礼も言わなければならない。

「先生、今日はご苦労様でした。出演者のみなさんにも好評でした。それでですね――」

「あ、そう。うちにも放送終了後、じゃんじゃん電話やメールが来てさ。先生、ワイドショー・デビューおめでとうございます、とか、かっこよかったですよ、とか。うちは感染対策ばっちりだからお店に来てねー、とか」

伊良部が愉快そうに話す。

「そうですか。で――」

「でも、院内感染の話はまずかったねー。事務局長が飛んできて、その話はしないでくださいって、叱られちゃった」

「そうですか。で――」

「やっぱりテレビの影響力は大きいよねー。通院してる患者からも、先生の顔、初めてちゃんと見ましたって。対人恐怖症で人の目を見て話せない高校生なのね。あとは、家から出られないパニック障害の大学生から、ゾンビが歩いてると思ったら気が楽になりましたって。あはは」

「いや、その――」

どうしてこの男は人の話を聞かないのか。圭介は大きく息をついた。

「次の出演はいつ？　今度は白衣を新調するから。銀座の英国堂にオーダーして作ってもらう」

「あの、その件ですが……」

「来週だと火曜日以外ならいいよ。火曜日はエフ会があるから」

「何ですか、それは」

「フィギュア愛好家の秘密集会。マニアはコロナ関係ないから。あはは」

「はあ……」圭介は脱力した。「あの、次回についてはまた連絡差し上げます」

話が通じないので、断りを告げないまま電話を切った。もう連絡しなければいいのである。伊良部だって、自分から出せとは言わないだろう。

本日のコロナ新規感染者数も、東京は千人を超えた。みんな出歩くなよと思いながら、自分は普段通りに通勤している。

3

翌日の企画会議で、宮下がグラフのプリントされたペーパーをひらひらさせ、難しい顔で「お前らこれ見たか」と言った。

「昨日の『グッタイム』の視聴率だ。平均で一・八パーセント。まあ、これはいい。一昨日より〇・二ポイント上がってるが、こんなものは誤差の範囲だからな。問題は時間だ。あのおかしなセンセイが登場したときから、ひゅっと上向いているんだ」

宮下が、宙に指で曲線を描く。

「変だろう。あのセンセイが番組に出るなんて、視聴者は知らないはずだし、そもそも無名の精神科医だ。畑山、お前どう思う?」

突然聞かれ、圭介は返事に詰まった。理由などわかるわけもない。

「偶然なんじゃないですか。仮に伊良部先生が友人知人に自分のテレビ出演を宣伝したとしても、数は知れてるし……」

「そうだよ。新興宗教の教祖様とか、地下アイドルとか、ある種のカルトじゃない限り、視聴率なんか動く道理がない。そこでおれはネットをのぞいてみたんだよ。何か手掛かりがあるんじゃないかと思ってな……。そしたら、あったよ。原因は、あのうしろでギター提げて踊ってたチャンネエだ」

「看護師のマユミちゃんですか?」

「そうだ、そのマユミちゃんだ」

宮下が、圭介を指さして言った。そしてノートパソコンを開き、掲示板の書き込みを読み上げた。

「キター!　ブラック・ヴァンパイアのマユミちゃん降臨。中央テレビの『グッタイム』。推し隊はテレビの前に全員集合!　……お、お、お、我らが女神マユミちゃんがテレビに!　可愛いー☆　……まさかテレビでお姿を拝めるとは。マユミちゃんバンザーイ!　……どうだ」

「あのう、ブラック・ヴァンパイアというのは……」圭介が聞いた。

「女四人のロックバンド。マユミちゃんはそのバンドのギター担当らしい。ファンサイトがあってな、登録者数は約五十万人だ。お前、これはそこいらのメジャーなバンドより人気があるってことだぞ。おまけに動画サイトを見たら、昨日の放映でマユミちゃんが映ってるシーンがいっぱい拡散していて、再生回数もみんな十万回以上だ。この中でブラック・ヴァンパイアとマユミちゃんを知ってるのはいるか？」

宮下に問われ、全員が首を振る。

「おれたちテレビ屋は完全に時代遅れってことだな。今の世の中、メジャーもマイナーもねえんだよ。若い連中は、みんなネットの中で暮らしていて、そこで発掘された面白い事や人が、わずかな時間で全国区になるんだよ。おい、畑山。試しにもう一回、伊良部先生を登場させてくれ。マユミちゃん込みだぞ」

「そうなんですか？　昨日は、二度とこいつは出さんとか――」

圭介が眉をひそめて言った。

「お前、それでもテレビ屋か。おれの頭は日々アップデイトされてるんだよ。昨日のことを持ち出すんじゃねえ」

宮下に丸めた視聴率速報ペーパーを投げつけられた。

「すいません……」

「すぐに電話して、短いコーナーでもいいから今日も出てもらえ。それで昨日の視聴率の理由がはっきりする」

「わかりました」

圭介は、虫がいいと思いつつ伊良部に出演依頼の電話を入れた。すると、急な依頼にもかかわらず、伊良部は、「オッケー」と快く引き受けてくれた。

「それでですね、看護師のマユミさん、今日もいらっしゃいますか？」

「うん、いるよー」

「ぜひ、昨日同様、背景に登場していただきたいんですが」

「わかった。伝えておくー」

伊良部のいいところは、扱いやすいところである。

そしてその日の放映でも、伊良部は奇天烈なコメントを連発した。

「今、コロナでひきこもりの若者たちが元気になってるんだよねー」

「ほう。と言いますと？」

「だってステイホームを国が奨励しているわけだから、やっとおれたちの天下が来たーってことなんじゃない？　うちの病院でも何人かカウンセリングしてるんだけど、みんなよろこんでるもんねー。先生、生きる勇気が湧いてきましたって。それと、マスクをすれば学校に行けますっていう不登校の子が何人かいてね。マスク一枚でも心理的に守られてる感じがするんだろうねー。彼らにとってコロナは救世主だよねー」

「いや、先生、それはちょっと……」

石田は焦っていたが、二日続けてとなると、出演者たちも慣れたのか、「先生、何言うてまんねん」とタレントがツッコミを入れ、笑いには事欠かなかった。

そこへマユミの登場である。伊良部がしゃべっている背景で、昨日と同様、ギターを提げ、腰をクネクネ揺らして踊っている。

「おー、出た、出た」

副調整室で宮下が、待ってましたとばかりに声を上げた。圭介も目が吸い寄せられた。よく見ればなかなかのクール・ビューティーなのである。

「先生。今日もマユミさんの登場ですね」

石田が苦笑いして言った。

「おーい、マユミちゃん。また映ってるよ」

伊良部がまた画面を指さすと、マユミは関心なさそうに一瞥《いちべつ》し、体を揺らしながら、アンプにつないでいないエレキギターを弾いていた。

「いいねえ、あのナース。不機嫌そうなところがとくにいい」

宮下が腕組みして言った。

「ファンサイトによると笑わないキャラだそうです」

圭介が答える。ネットの中では、女王様として崇《あが》められている様子だった。

「明日が楽しみだな。おれは二パーセント超えてる気がする」

宮下の機嫌がいいので、圭介もその点だけは安堵している。

翌日、平均視聴率の速報値が制作部に張り出され、『グッタイム』は二・八パーセントだった。

「おおーっ」

これにはスタッフ全員がどよめいた。ここ半年で一番の高視聴率である。圭介は鳥肌が立った。これまでテレビ局社員でありながら、視聴率競争を冷めた目で見ているところがあったが、いざ渦中に放り込まれると理屈抜きに快感がある。

「おい、当たったな。マユミちゃんだ」

宮下が興奮した様子で言う。確かにネットの反応を見ても、マユミに関する書き込みが急増していた。ただ、釣られるように伊良部に対する言及も多く、《これかよ、マユミちゃんが勤務する病院の噂の精神科医ってのは》《伊良部先生キンモー！　超変人！　でも好きかも》《テレビに出してはいけない人が出てる（笑）》など、みなが面白がっている節が見受けられた。

「これは、伊良部先生もろともブレイクするんじゃねえのか」

宮下が、気が急いて仕方がないのか貧乏揺すりをして言った。

「いや、でも宮下さん。これは番組があらぬ方向へと進むのではないかと。スポンサーがどう受け止めるか。それに一過性の話題に頼るのはどうかと……」

生真面目なスタッフの一人が、恐る恐る上申する。

「馬鹿野郎。テレビはそもそも一過性の集大成だろう。てめえはＮＨＫか。テレビ屋が気取ってどうする。顰蹙《ひんしゅく》を買ってでも数字を取った奴が勝つんだよ！」

またしても物を投げつけ、スタッフは黙らざるを得なかった。

「おい、畑山。次は中継車を出そう。お前が伊良部先生の所に行って、病院から生中継しろ。その方が映像がクリアだ」

「生中継って、そこまでしなくても……」

「やかましい。逃がさないためにも拘束が必要なんだよ。お前が伊良部番だ」

宮下が凄む。圭介は不承不承、従うことにした。

伊良部と連絡を取ると、「いいよー」という快諾の返事があった。ただし、出演は翌週から。伊良部とマユミにワクチン接種の派遣依頼が自治体よりあり、都合がつかなかったのだ。一応医師の仕事もしているようだ。

そして、伊良部とマユミの出演がなかった日の翌日、平均視聴率が発表されると、前日より一ポイント下がって一・八パーセントだった。ＳＮＳを見ても、《マユミちゃん不在の模様》《じゃあ見ねえ》と、若者層にそっぽを向かれた形である。

「おい、おい、おい！」宮下が大声を上げた。「もうこれではっきりした。視聴率を取ってるのはあの二人だ。いなくなればたちまち逆戻り。どうしてくれるんだ、この野郎！」

速報ペーパーを丸め、圭介に投げつける。

「ぼくのせいですか？」圭介はさすがに腹が立った。

「お前がスケジュールを押さえとかねえからだ！　来週は絶対だぞ。伊良部先生とマユミちゃんは鉱脈だ。コロナの口実があるうちに、掘って、掘って、掘り尽くせ！」

宮下が目を瞬かせて言う。ほかのスタッフは、自分に累が及ばないよう、そそくさと逃げて行った。宮下は視聴率が絡《から》むと我を失う。圭介は今更ながら思い知った。せわしなく瞬きするのは、きっとチックだ。貧乏揺すりも、神経症の一種だろう。


週が明けて月曜日、撮影クルーを引き連れて伊良部総合病院を訪れると、診察室には花輪がたくさん並んでいた。

「先生、これは？」

「生出演を教えたら、マユミちゃんのバンドのファンクラブが送って来たの。背景にいいんじゃない？」

伊良部がうれしそうに言う。

「いや、これはちょっと……」

片付けるよう頼むと、伊良部は渋々部屋の隅に動かした。

「ところで今日はたくさんいるねー。せっかくだから、みんなワクチン接種する？」

伊良部が言った。

「えっ、いいんですか？」

カメラマンや音声係が困惑している中、伊良部が「おーい、マユミちゃん」と声を発する。

奥のカーテンが開き、ワゴンを押してマユミが登場した。前回同様、ミニの白衣と仏頂面。なにやら芝居でも観ている気がしてくる。

撮影クルーが順にワクチン接種をした。またしても問診なしだが、伊良部のペースに巻き込まれ、誰も疑問を口にしない。伊良部は、注射針が皮膚に突き刺さる瞬間を食い入るように見つめ、鼻の穴を広げて興奮していた。

「先生、今日はコロナ禍における家族問題についてコメントをいただく予定です」

圭介が台本を開いて説明した。在宅勤務が続く中、家族間でストレスを抱える人が急増している。どういった対処法があるかというテーマである。

「そんなの、それぞれ書斎に籠《こも》ればいいだけじゃん」

伊良部が軽く言い放った。

「いや、書斎のある家なんて、そうそうあるものじゃありませんから」

「うっそー。書斎のない家なんてあるの？」

「あるんです」

圭介が真顔で言って聞かせる。だんだん伊良部の扱いがわかって来た。

番組が始まると、オープニングから伊良部の顔が画面にドンと登場した。宮下の指示である。きっとネット上では「キター！」と盛り上がっているのだろう。

司会の石田が出演者を紹介し、伊良部にも振る。

「今日は中継でご参加いただきます。伊良部総合病院・精神科医、伊良部一郎先生です。先生、よろしくお願いします」

「うん、よろしくねー」

これだけでスタジオに笑いが起こり、空気が和む様子が無線機からも伝わった。

「看護師のマユミさんもいらっしゃいますか?」

石田が呼びかけると、カメラがパンし、診察室のソファでギターを弾いているマユミを捉えた。イヤホンをしていないマユミは、司会の声が聞こえず、一瞥をくれただけでプイと横を向く。これもネット上の盛り上がりが容易に想像できた。

「これ、これ。うひひ。マユミちゃんの推し隊とやらがよろこんでるぞ」

無線機からは、副調整室にいる宮下のはしゃぐ声が聞こえた。

番組は今日もコロナの話題で始まり、恐らく総放送時間はワイドショー始まって以来の長さになると思われた。その点でも世界は戦時下であり、いつ収束するとも知れないのである。

「伊良部先生。今日のテーマはコロナ禍における家族間のストレス対処法なんですが、精神科医の立場から何かアドバイスはありませんか」

本題に入り、石田が振る。

「そうねー。会社に逆らってでも出社するのがいいんじゃない?」

伊良部が、また予測できないことを言い出した。

「それはどういうことですか?」

「在宅勤務をして家族間のストレスを抱えるか、出社してコロナ感染のリスクを抱えるかの選択。出社を選ぶ人がいても、もう誰も責めないいんじゃないの」

「ほう。それは新しい意見ですね」

「そもそも人類は集うように出来てるからねー。全社員リモートワークでやると決めて、オフィスを解約しちゃったIT企業もあるみたいだけど、長続きしないと思うなー。オシャレをして出社するとか、同僚と帰りに一杯やるとか、そういう楽しみを抜きにして人間は生きて行けないからねー。感染症とは付き合うしかないのよ」

「ほう。案外まともなことも言うんだな」

無線機で宮下が言った。圭介も同感だった。中央テレビも事務系社員の在宅勤務を奨励しているが、何かと理由をつけてみんな出社するのは、誰かと会いたいからである。

「人間、死ぬときは死ぬんだし」と伊良部が続ける。

「やっぱダメだ。苦情電話殺到だ」宮下が情けない声を出した。まったく伊良部は医者とは思えないことを言う。

その後、圭介が現場で指示を出し、マユミに登場してもらった。ギターを提げてバックで体をクネクネさせている。やけに素直に従ってくれるなと思っていたら、胸から自分のバンドのCDを取り出し、カメラに向かって突き出した。宣伝に使われたようである。

「許す。マユミちゃんは許す」

宮下はもう自棄《やけ》気味だ。

「いやあ、今日も登場しました。もはや『グッタイム』名物。マユミさんのエア・ギターでした」

司会の石田はフォローするのに懸命である。

翌日、視聴率の発表があり、平均で三・七パーセントだった。ネットの書き込みを見ても、多くの若者が『グッタイム』を視聴していて、伊良部とマユミはSNSのトレンドワードでも上位に食い込んでいる。

《今日もキター！　伊良部先生サイコー！》《やっぱマユミちゃんでしょう。今日も見られてシアワセです》《ところでマユミちゃんの着てるミニの白衣、どこに売ってるの?·》《注文服じゃね?·》《歌舞伎町で売ってそう》

もはや二人は時の人である。

「がははははは」

宮下の高笑いは止まらなかった。これは番組開始以来の高視聴率で、スタッフ全員に大入り袋が配られた。ただ苦情や抗議の電話も倍増し、「ふざけてるのか」という声が多数寄せられた。

「いいんだよ。視聴率が上がればば抗議の電話も増えるのは当然だ。好きと嫌い、両方合わせて人気なんだよ。一番ダメなのは関心を持たれないことだ。おれはもうリスクを覚悟した。やると言ったらやる」

宮下は鼻息荒かった。この勢いで同時間帯視聴率トップの『ヨシノヤ』を抜くと意気込んでいる。貧乏揺すりとチックがいっそう激しくなった。

「おい畑山。来週、伊良部先生とマユミちゃんをスタジオに呼ぶぞ。事前に告知すれば、マユミちゃんのファンサイトがネットで勝手に拡散してくれるだろう」

「いや、スタジオ出演はさすがに危険なんじゃないですか？　あの先生、場の空気は読めないし、常識も通じませんよ」

圭介は危惧を伝えた。スタジオでの生放送だけに、放送禁止用語が飛び出したら対処のしようがない。

「危険だから面白いんじゃねえか」

「そんな……、ぼくは賛成できません」

「そこがお前のダメなところだ。たとえ顰蹙を買ったとしても、テレビは視聴率を取れば官軍なんだよ。おれはやるぞ。『ヨシノヤ』を抜いて社長賞だ。がははは」

宮下がつばきを飛ばして笑っている。圭介は宮下の目に何やら狂気じみたものを感じた。この男は視聴率に取りつかれている。

仕方なく伊良部に電話すると、いつも通り「いいよー」という返事が返って来た。宮下の相手をした後だけに、実に癒《いや》されるものがあった。考えてみれば、伊良部はノーと言ったことがない。

4

六日後の放映日、伊良部とマユミが局差し回しのハイヤーで中央テレビ本社にやって来た。

日が空いたのは、ワクチン接種の業務で出演できなかったからである。そしてその間の視聴率は、いずれも一パーセント台で、改めて高視聴率の要因が二人にあることが立証された。

あらかじめSNSをチェックすると、《マユミちゃん本日『グッタイム』スタジオ出演！》《アブナイ精神科医、伊良部先生やいかに！》などと、早くも盛り上がっている。もはや従来の番宣は意味をなさないことを圭介は痛感した。視聴率を動かすのはネットなのだ。

玄関では圭介と宮下が出迎えた。伊良部は派手なスーツを着込み、マユミは黒革のミニのワンピース姿だった。

「伊良部先生、マユミさん、初めまして、プロデューサーの宮下でございます」

日頃は高飛車な宮下が、満面に笑みを浮かべ、揉み手をして挨拶する。

「うん、よろしくねー」

一方の伊良部は、相手が誰であろうと砕けた調子は変わらない。

楽屋に案内し、圭介が生出演の注意点を伝えた。放送禁止用語、差別につながるような言動は控えてくださいとの念押しである。

「オッケー」

伊良部が軽く言うので、逆に心配になった。

時間が来てスタジオに移動する。スタジオではレギュラー出演者が並ぶ雛壇《ひなだん》とは反対側に、伊良部とマユミの席を設けた。何か事故が起きたとき、画面から切りやすくするための処置だ。

伊良部が前に座り、斜め後ろの一段高い位置にマユミが座る配置である。

伊良部とマユミが姿を見せると、出演者たちから「おおー」と声が上がった。まるで珍獣が目の前に現れたかのようである。伊良部は愛想よく手を振り、マユミはいつもの仏頂面だ。

「いいねー、この二人。テレビをありがたがってないところがとくにいい」

副調整室で、宮下が浮かれた様子で言った。

番組がスタートすると、早速ネット上が騒がしくなった。

《マユミちゃん今日は私服！》《これって下北ロックフェスに出たときのステージ衣装じゃね？》《カワイー。マユミちゃんサイコー！》

圭介は宮下の隣でノートパソコンを開き、掲示板をリアルタイムでチェックしていた。「どれどれ」と宮下がのぞき込む。

「凄え量の書き込みだな。今日は五パーセント超えるんじゃねえのか。そうなったらオメー、『ヨシノヤ』に勝てるかもしれねえぞ。うひひひ」

興奮した様子で台本を丸め、圭介の頭を叩いた。

番組ではコロナ禍における国民の自粛疲れについて討論が始まった。感染は再拡大しているが、政府の自粛要請を国民はもう聞かなくなっている。この日は元代議士がコメンテーターとして出演していて、政府批判を始めた。

「みんな普通に出歩いてる？　そりゃあ当然でしょう。映画館もデパートも開いてるのに、出かけるなって言って誰が従いますか。ワクチン接種が進まない失政を、どうして国民に押し付けるんですか」

次の選挙で返り咲きを狙っているので、やたらと威勢がいい。

「しかし、医療の逼迫《ひっぱく》を防ぐためには、どうしても感染者数を抑えるしかなく、そのためにも、不要不急の外出は控えていただく、これをお願いし続けるしかないわけでしょう」

司会の石田が反問した。

「そんなもの、感染者の比較的少ない県から医師と看護師を調達して、首都圏で医療崩壊を防ぐ。そうすれば地方への感染拡大も防げるわけで、どうしてそういう発想がないんですか」

元代議士が熱弁を振るう。

「じゃあ、医師の立場からのお話を伊良部先生にお聞きしましょう。先生、今の提案についてどう思われますか？」

石田が伊良部に意見を求めた。

「ごめん、聞いてなかった」

伊良部が鼻をほじりながら、照れ笑いしている。出演者全員がズッコケた。

「スタジオが珍しいから、よそ見してた。ははは」

伊良部が笑って言い訳した。

「センセ、頼んますよ。今日はリモートとちゃいまっせ」

タレントがすかさずツッコミを入れ、スタジオが失笑に包まれる。

「はははは」副調整室では宮下もつい笑っていた。

「それでは、看護師のマユミさんにも伺いましょう。実際、医療はどの程度逼迫してるんですか?」

石田がマユミに聞いた。

「あの、その前に――」

マユミがワンピースの胸に右手を突っ込み、チラシを取り出した。カメラに向かって広げる。そして気怠《けだる》く言った。

「週末、ユーチューブでブラック・ヴァンパイアのライヴ配信があるんで、オマエら観るように。よろしく」

「あちゃー」圭介は目を覆った。

「いい。許す」と宮下。ただし顔は歪めている。

「マユミさん、言っていただければ、宣伝の時間くらい作ったのに。いきなりやらないでください」

石田が冷や汗顔で、何とか場を取り繕おうとした。

「で、話は戻りますが、医療は逼迫してますか?」

「してるけど、仕方がないんじゃないの。戦時下みたいなものなんでしょ?」

マユミが足を組み、つまらなそうに言う。

「そうなんですよ。マユミさんは今、実に鋭いことを言った」元代議士が、我が意を得たりとばかりに話を継いだ。「戦時下だからこそ、国がワンチームになってコロナに立ち向かわなければならない。それにも拘《かかわ》らず、自治体ごとに対策が異なり、温度差もある。だいたいワクチン接種なんか、政府は自治体と自衛隊に丸投げしてるじゃないですか。こんな無責任なことがありますか。やることと言えば、馬鹿の一つ覚えのような自粛要請のみ。国民はもっと怒るべきですよ」

「なるほど、確かに国はあらゆる問題を、自治体だけじゃなく、経済界や国民にも丸投げしているところがありますよね。改めて伊良部先生。その点はどのように感じていらっしゃいますか？」

石田がまた伊良部に振る。

「ごめーん。また聞いてなかった」伊良部が頭をかいて言った。「だって、そこのスタッフが紙にいろいろ書いて、司会者に見せてるから、つい気になっちゃって」

「ＡＤなんかに気を取られないでください！」

石田が、さすがに語気を強めて注意した。

「センセ、初登場でええ度胸やわあ。吉本に来ませんか？」

タレントがまたスタジオを笑わせる。副調整室では宮下も、「あはははは」と声を上げて笑っていた。

「宮下さん。笑ってる場合じゃ。そろそろ放送事故になりますよ」

圭介が言った。社内でも問題視されそうだ。

「ネットはどうなってる？　大ウケだろう」

宮下に言われて見ると、《伊良部先生サイコー！》《幼稚園児並みの集中力》《その手があった。今度授業で使ってみるわ》と、外野が盛り上がっていた。

「ではマユミさん。またお願いします」石田が祈るような表情で話を振る。

「あのさ、みんなもう怖がってないから、国が何をしても無駄」

マユミがつっけんどんに答えた。

「そうですか？　怖がってませんか？」

「本当に怖かったら家にいる。出歩いてるのは、リスクと自由を天秤にかけて、自由を選んでるから」

「そうなんですよ。マユミさんはとてもいいことを言ってます」また元代議士が割って入った。

「政府やマスコミがいくら脅しても、もう効果はないんですよ。流行初期の頃はまだ新型コロナウイルスの正体がわからず、有名人がバタバタと亡くなったりして国民は震え上がりましたが、今はもう怖がる要素がない。せいぜい四、五十代の中年でも重症化する例が増えたってことぐらいでしょう。若者はびくともしませんよ。だから、医療体制の立て直しとワクチン接種率の向上、それしかないんです。政府は施策を間違えています」

「しかし若者の協力がないと、感染は減らないわけで……。マユミさん、この中で一番若いあなたの意見はどうですか？」

石田がマユミに振る。

「自分たちの健康を若者に守らせようなんて、虫がよ過ぎるんじゃないの。昭和の戦争では若者が犠牲になって、令和のコロナでは老人が犠牲になる。うちらの世代も、いつか厄災が降りかかる。歴史の必然ってそういうものだと思うけど」

マユミが眉ひとつ動かさず、淡々と言った。

「ええと、今ちょっと不適切な発言がありました。ここでちょっとコマーシャルに……」

石田が焦った表情でフロアディレクターに目配せする。

「いいよ、続けろ！　マユミちゃんの言ってることは真理だぞ！」

宮下がマイクに向かって怒鳴った。インカムで指示を受けたフロアディレクターが続けるよう石田に指示を出す。

「ええと、コマーシャルには行かない？　……わかりました。ではマユミさん、続きを」

「続きなんてないけど、命が惜しけりゃ家にいればいいわけで、徴兵されて死んだ若者たちに比べたら遥かにましでしょ。家から一歩も出ず、人と会わなきゃ感染しないんだから。楽なもんじゃない。他人に期待すんなよ。それだけ」

マユミがカメラを見据えて言う。五秒、沈黙が流れた。生放送では滅多に起きないことだ。副調整室もシーンとなった。

「ええと、それでは、伊良部先生。精神科医の立場から、今のマユミさんのご意見に何かありますか？　今度は聞いてましたよね？」

石田が、場を取り繕おうと伊良部に振った。

「聞いてたけど、院内感染の元になったマユミちゃんに説教されたくないなあ」

伊良部が眉間に皺《しわ》を寄せ、ぞんざいに言う。次の瞬間、うしろに座っていたマユミが足を組み替え、その爪先が伊良部の背中に当たった。蹴飛ばされた形で前に倒れ込む。伊良部がコロコロと床を転がった。

「あら、先生。ごめんなさい」とマユミ。

「わざとやったなー！」と伊良部。頰を膨らませ河豚の顔になっている。

「まあまあ、センセ。マユミさん。喧嘩は帰ってから」

タレントが取り成し、スタジオがどっと笑いに包まれた。

「コマーシャル！」宮下がマイクに向かって指示を出す。

「それではここでコマーシャルを」石田がほっとした表情で言った。

息を呑んで見守っていた圭介は、ここで肩の力が抜け、大きく息をついた。ワイドショーも悪くない。圭介は生放送の醍醐味を初めて知った気がした。

翌日発表された平均視聴率は五・五パーセントだった。記録更新にスタッフルームは沸き返り、社長賞が出た。ただ同時に、社長室にも呼ばれた。役員によると、やはり二人の出演は問題だったらしい。当事者として圭介もついて行った。

「昨日の『グッタイム』、面白かったよ。あのドクターとナースは最高だな。でもな、ありゃあテレビじゃ無理だ」社長が開口一番言った。「君らは、テレビは視聴率を取ってナンボと思ってるのかもしれない。確かにその側面はあるし、ぼくも数字を上げろとしばしば発破をかけている。しかし、テレビの基本は茶の間の最大公約数を求めることだ。刺激物の常用は反則技だ。言ってみりゃあドーピングだな」

ドーピングと指摘され、圭介は返す言葉がなかった。宮下も眼を瞬かせながら聞いている。

「知ってると思うが、苦情の電話も殺到したようだ。ふざけるな、年寄りは死ねというのか、出かけなければならない年寄りもいるのに、あの言い草は何だ――。実にもっともなご意見だ。何よりスポンサーが難色を示している。この先、あの二人は出演させないように」

社長が穏やかな口調で言った。きつい叱責も予想はしていたので、幾分《いくぶん》拍子抜けした感があった。

「宮下君。君のこれまでの功績は認めるが、そこまで日々の視聴率にこだわることもないぞ。ワイドショーは長い時間をかけて完成させるものだ。ヴァラエティやドラマとはちがう。マラソンだからな。こっちだって長い目で見るさ」

「はい……」

「君は視聴率の鬼と言われてるそうだな。ま、テレビマンらしくていいが、数字に一喜一憂し過ぎると、全体が見えなくなる。何事も至上主義はよろしくない。力を抜くことも必要だ。一度あの先生のところで診てもらったらどうだ。伊良部先生だっけ。いやあ、あの先生が出て来ると妙に癒されてね。考えてみれば、人を脱力させるんだよな。コロナ鬱の特効薬は脱力することかもしれないな。さすがは精神科医。もしかして名医なんじゃないのか。ははは」

社長がそう言って愉快そうに笑う。とりあえず機嫌がいいので圭介はほっとした。宮下はチックが止まらず、下を向いている。

週が明け、圭介は伊良部の診察室を訪ねた。二回目のワクチン接種をしてもらうためである。宮下も同行した。「一度診てもらう」と言い出したのだ。

「いらっしゃーい」

毎度の明るい声で迎え入れられる。

「あれ、宮下さんも来たの？　じゃあ二人まとめてワクチン接種、行ってみようか。おーい、マユミちゃん」

伊良部が呼ぶと、奥のカーテンが開き、ワゴンを押してマユミが登場した。面倒くせーな、とでも言わんばかりの態度が、何度見ても新鮮である。

二人並んでワクチン接種を受けた。注射針が肌に突き刺さる瞬間を、伊良部が興奮した様子で凝視している。例によって、異空間に引き込まれる時間である。

「先生、相談なんですが、どうもわたしは番組の視聴率に一喜一憂して、我を失う傾向にあるようなんですがね。スタッフからも人が変わると言われて……」

宮下が伊良部と向き合って言った。

「あ、そう。で、次の出演はいつ？　うちの入院患者に大うけでさー、みんな楽しみにしてるみたいだから」

「いや、出演の件でしたら、また改めて……。で、視聴率の件なんですが、やはり数字至上主義に陥り、感情が激しく揺れるというのは、病気の一種なんでしょうかね」

「ああ、依存症ね。それと注意欠如・多動性障害。落ち着きのない子供と一緒。そのうち治るよ。でさー、ぼくとしてはコロナ以外のニュースでもコメントしたいんだけどさー。たとえば中国問題。限定フィギュアをほとんど中国人が買い占めてネットで転売するのは許せないよねー。あと文春砲ね。わざわざ週刊誌の宣伝してやることはないんだから、金取れば？」

「いや、あれはむしろテレビの方が重宝してると言うか……。先生、それより病気です。今言われて気づきましたが、確かにわたしは依存症です。視聴率がないと生きて行けないんです。あとは注意欠如・多動性障害というのも。家では妻にも、じっとしていなさいと毎日叱られてます」

「あ、そう。大変だね。それで番組出演なんだけど、マユミちゃんのギャラを上げてやってね。スタイリストを付けないのなら衣装代を払えってブーたれてたから」

「先生、人の話を聞かないでしょう」

宮下が顔を歪めて言う。

圭介は二人のやり取りを横で聞いていたが、ふと気づいたことがあった。宮下のチックが収まっているのである。ここ数日は毎秒瞬きしていたのに、今は普通に目を開けている。足元を見ると、貧乏揺すりも止まっていた。

「あとは楽屋の弁当かな。なだ万の幕の内弁当希望、なんちゃって」

「先生、聞いてくださいよ」

宮下が情けない声を出す。圭介はすうっと心が軽くなった。

ラジオ体操第2

1

県道×号線を走るのはいつも憂鬱《ゆううつ》だった。オフィス機器メーカーに勤務する福本克己《ふくもとかつみ》は、会社の軽自動車に乗って一日の半分を外回り営業に費やしているのだが、この道を走行していると、たいてい後続車に煽《あお》られるのである。

その主な要因は、県道が片側一車線で、センターラインが追い越し禁止のオレンジ色であること、他に幹線道路がないこと、そして克己の乗っている車が軽自動車だということだ。

先を急ぐ運転手にとって、法定速度で走る克己の車は、邪魔者以外の何者でもないのか、あるいは軽自動車だから少なくとも強面《こわもて》の男は乗っていないと舐《な》めているのか、とにかく煽られた。あるときなどダンプカーに三キロ以上、蛇行運転で煽られ、見通しのいい直線に入ったところで強引に追い越して行ったのだが、その際、嫌がらせで幅寄せされ、危うくガードレールにぶつかるところだった。

克己は、肝を冷やすと同時に猛然と怒りが込み上げたのだが、クラクションを鳴らすこともなくやり過ごした。彼は諍《いさか》いを避けたい性格だった。三十五歳の妻子持ちで、三十五年ローンでマイホームを買ったばかりで、守りたいものがたくさんある。

この日は黒のミニバンに煽られた。ルームミラーで見ると、いかにもガラの悪そうな男が運転している。前方に車がいないので、後続車にしてみれば、チンタラ走ってんじゃねえ、と言いたいところなのだろう。

克己は少し速度を上げたが、これで煽り運転がやむわけはなく、余計に車間距離を詰められるだけだった。交差点の信号が黄色になったので停車すると、黄色なら突っ込めと言わんばかりにクラクションを鳴らしてくる。いったいどういう神経をしているのかと克己は憤慨し、ミラー越しに後続車に視線を向けると、一瞬目が合い、それが気に障ったのか、さらに煽り運転はエスカレートした。ほぼ〝ケツピタ〟と呼ばれる状態で煽られて、身の危険を感じるほどである。そして対向車がいなくなると、追い越し禁止区域であるにもかかわらず、強引に追い越し、前に入ると嫌がらせに急減速した。赤いブレーキランプが目に飛び込む。

「うわっ」

克己は思わず声を上げ、ブレーキを踏んだ。何とか追突は回避できたものの、背筋が凍りついた。ここ数年、煽り運転は社会問題となり、テレビのニュースでも頻繁に取り上げられていた。それでもなくならないのは、常識の通じない人間が一定数存在するからだ。

「この馬鹿、死ねよ」

運転席でつぶやくが、怒鳴り声にはならない。そして何か行動に移すこともない。克己の頭の中には、前の車を追いかけ、信号待ちで停車したところで運転手を車から引きずり下ろし、ボコボコに殴りつける自分の姿があった。克己は子供の頃から温厚で、喧嘩などしたことがないが、それゆえ想像だけはいつも具体的に膨《ふく》らむのである。

煽り運転の車は、充分威嚇《いかく》して気が済んだのか、猛スピードで走り去って行った。やがて姿も見えなくなる。あの低能。どうせ昔は暴走族で鳴らしたとかの元ヤンだろう。女房も同類だ。金髪にだらしないジャージ姿で、スーパーでは店員にクレームを付けることで知られている。子供にはキラキラネームを付けて、髪はソフトモヒカンにして、一家で浮いている、ろくでもない家族にちがいない。

ふとドライブレコーダーの映像をネットにアップしてやろうかと思う。きっと車のナンバーも映っているはずだ。そうすれば正義感にかられたネット民が人物を特定し、制裁を加えてくれるかもしれない。もっとも、会社からはドライブレコーダー映像を勝手に持ち出さないよう指示されていて、実行には移せないのだが。

ああ、さっきの運転手に復讐してやりたい。克己は自然と鼻息が荒くなった。今からでも追いかけ、尾行して家を突き止め、夜中にあの黒いミニバンのボディに「バーカ」「ヤンキー死ね」とか、スプレーで落書きしてやろうか。朝、それを見た男は烈火のごとく怒り出すが、さりとて犯人の見当もつかないので、地団太を踏むしかない。

頭の中は復讐の妄想に占拠されている。そのとき急に眩暈《めまい》がした。あっという間に視界が霞《かす》んだ。克己はいけないと思い、慌てて路肩に車を停めた。

指先が痺《しび》れ、呼吸が苦しくなった。また来た。過呼吸発作だ。数カ月前からときどき襲われるようになったのだが、今日はとくにひどかった。まったく息が出来ない。悪寒が走り、動悸《どうき》もする。克己は、このまま呼吸困難で死ぬのではないかという恐怖にかられ、車から降りた。ガードレールに手をつき、懸命に呼吸をしようと口をパクパクさせる。しばらくもがいていたら、喉を塞《ふさ》いでいたコルクの栓がポンと外れたように、いきなり空気が通った。

ああ、助かった――。克己は涙を流し、その場にへたり込んだ。よほど青い顔をしているのか、自転車に乗ったおばさんから「大丈夫ですか」と声をかけられた。

動悸が収まるまで十分ほどその場にいた。冷えた指先は、なかなか元に戻らなかった。


その夜、家に帰ると、妻から町の回覧板を見せられた。そこには《お知らせ》と称する連絡事項があり、最近、町内の公園で、禁止されているスケートボードをする若者が見受けられるので、注意願いたいという内容だった。

「高校生か大学生だと思うけど、夜中の十時過ぎにスケボーで遊んでて、結構騒音の苦情が出てるみたい」

妻が眉をひそめて言う。

「町内の子たちなの?」

「だと思う。わざわざよそから来ないでしょう、こんな住宅地」

「親は注意しないわけ？」

「知らない。町会長さんが、見かけたらみんなで注意しましょうって言ってるんだけど、そういうのは、なかなかね」

「まあね。みんなトラブルは避けたいし……」

克己は肩をすくめて答えた。同じ町内なら、関わりたくない気持ちは尚更だ。

「子供たち、お風呂に入れてね」

「はいよ」

はしゃぎ回る四歳と二歳の娘を何とかあやして風呂に入れ、自分も一緒に湯船に浸かった。克己にとって子供たちとの触れ合いは、癒《いや》しの時間だった。家を買い、養う家族がいて、会社では係長の肩書が付き、部下が出来た。責任が多いから、日々のプレッシャーも大きい。だから健康には人一倍気を遣っていた。昼間に卒倒しかけたことは、少なからず心に影を差している。


夕食を食べ終えると、克己は夜の犬の散歩に出かけた。午後九時過ぎ、広い団地内の道を四十分ほどかけて歩く。運動というよりは一人で考え事をするのが目的だ。明日の仕事の段取りをシミュレートし、新規事業の案を練り、本社にどう報告するかを考える。なかなか一人の時間が持てないので、毎日の欠かせない日課だ。

そのとき、すぐ先の公園から若者たちの笑い声が聞こえた。「ゴー」というコンクリートを擦《こす》る音も。

克己は「これか」と舌打ちした。回覧板に載っていた、夜中にスケートボードをする若者たちだ。聞いた話では、警察への通報も何度かあり、その都度パトカーがやって来て注意するのだが、言うことを聞くのはそのときだけで、警官が引き揚げるとまた滑《すべ》り出すらしい。

公園に差し掛かると、やはりスケートボードに興じる若者たちだった。ブカブカのストリート・ファッションに身を包み、ベンチの角や石段の手摺《てす》りを使って技の練習をしている。近くにはペットボトルやスナック菓子の袋が置いてあり、恐らく持ち帰る気はないのだろう。連中の散らかすゴミもまた町内の問題になっている。

まったく、このガキ共が――。克己は心の中で吐き捨てた。

お前ら、ここでスケボーをするんじゃねえ。キャッチボールとスケートボード等は禁止と、ちゃんと看板の注意書きにあるだろう――。

町会長は注意することを住民に求めているそうだが、今ここで言ったら、果たしてどうなるだろう。

すいませんでした、と言ってやめるとは到底思えない。

うっせえな。あっち行ってろよ。

こっちの展開の方が可能性は高いだろう。そもそも真面目な人間なら、公園でスケートボードなどやらないのである。規則違反と知っていて、構うものかと遊んでいる。

公園はいつもの散歩コースだが、連中に近づきたくないので、前を通り過ぎるだけにした。

すると、勢いよく滑って来た若者が、段差で飛び跳ね、ボードをくるりと一回転させた。ただし着地に失敗し、ボードがこちらに向かって飛んできた。愛犬の豆柴が驚いて飛び跳ねる。

若者はすみませんとも言わず、克己を完全に無視し、ボードを拾い上げて戻って行った。

「タク、ジャンプが足りねえんだよ」

「もっと強く踏み切らねえと、ボードは回んねえぞ」

仲間同士でそんなことをしゃべっている。

おい、危ないだろう。気をつけろ――。克己は口に出して言いたかったが、結局堪《こら》えた。見れば、若者はいかにもヤンチャそうで、もし言い返されたら自分は口ごもってしまうだろう。そして余計にはらわたが煮えくり返り、胃がむかむかしたまま床に就くことになるのだ。

自分がマイク・タイソンか前田日明《まえだあきら》だったらなあ。克己は頭の中で詮無《せんな》い想像をした。あの小僧の胸倉をつかんで、おい、公園でスケボーをやるな、わかったか。そう凄《すご》んで頭のひとつでも小突いてやるのだ。若者たちは青い顔で頭を垂《た》れ、すごすごと退散する。あるいは物も言わず、いきなり尻を蹴飛《けと》ばすのもいい。そして全員を並ばせ、ボードを取り上げ、それで頭を順番に叩くのだ。

そんな想像をしながら散歩を続けていたら、急に顔が熱くなり、眩暈がした。続いて呼吸が苦しくなる。また過呼吸発作である。克己はその場にうずくまり、懸命に息を吸おうとした。しかし喉に栓でもされたように空気が入って行かない。

飼い主の異常に気付いた犬がキャンキャンと吠《ほ》えた。このまま死ぬのではないかという恐怖に襲われ、意識が遠のきかけた。

「どうされました？　大丈夫ですか？」

誰かの声が頭上から降りかかる。見上げると背広姿の男だった。帰宅途中の団地の住人だろう。

「救急車を呼びましょうか？」

反射的に首を振る。しゃがんだ姿勢のまま、両手を鼻と口に当て、吐いた息を鼻から吸う行為を繰り返した。そのときポンと気道が通り、空気が喉を通って行った。助かった――。

「すいませんでした。ちょっと眩暈がして……」

克己は通行人に礼を言い、そそくさとその場を立ち去った。気がつけば全身汗だらけだった。

過呼吸発作が一日に二回。これは病院に行った方がいいと思った。本社の総務部に同期がいるので、頼めば会社の提携病院を紹介してくれるだろう。

胸の動悸はなかなか収まらなかった。まだ恐怖に支配されている。


数日後、克己は有給休暇を取って病院に行った。会社が社員の健康診断等で提携しているのは、東京の世田谷にある伊良部総合病院という大きな病院で、事務機器を納品している得意先でもあった。自宅からは電車で一時間ほどかかるが、会社の指定なので不安なく受診することが出来る。

一流ホテルのロビーのような明るく清潔な受付でまずは簡単な問診を受け、地下の神経科に行くよう指示を受ける。階段を降りるとそこは一転して薄暗く、消毒液の臭いが漂う空間で、「神経科」のプレートがなければ間違えて倉庫に入り込んだのかと思ったほどだった。

恐る恐るドアをノックする。すると中から「どうぞー」と場違いに明るい声が聞こえ、診察室に入ると、目の前にはでっぷりと太った同年代と思《おぼ》しき医師が一人掛けソファに座っていた。

「いらっしゃーい」

居酒屋の店員のような声を発し、にんまりと微笑《ほほえ》む。

胸の名札を見ると、《医学博士・伊良部一郎》とあるので、この病院の経営者一族のようだ。椅子を勧められ、スツールにちょこんと腰かける。伊良部が問診票を見て口を開く。

「福本さん、過呼吸発作が出るってことだけど、過呼吸なんて言葉、よく知ってるね」

伊良部が砕けた口調で言った。

「いや、ネットで調べたんですよ。突然呼吸困難になるなんて、どういうことかと思って。そしたら、過呼吸症候群という症状が一番当てはまるのではないかと……」

「そっかー。最近はみんな事前にネットで調べちゃうからねー。この前なんか、ただの肩凝《かたこ》りなのに、心筋梗塞の前兆だって信じ込んで、検査の梯子《はしご》をして結局神経科に来た患者さんがいたの。福本さんこそ、心筋梗塞の前兆を疑うべきだよね」

「えっ、そうなんですか?」

克己は急に青くなった。心臓の病気など考えてもいなかった。

「冗談、冗談。過呼吸なんて、ホラー映画を観て発作を起こす人もいるくらいだから、気にしない、気にしない。ははは」

伊良部が声を上げて笑っている。

「冗談なんですか?」

克己は眉をひそめた。医者が患者を脅かすとはどういうことか。

「で、福本さんは、どんなとき過呼吸になるわけ?」

伊良部が短い足を組んで聞いた。

「それはですね……」

克己は数日前の出来事を話した。県道で煽り運転の被害を受け、怒りが収まらない中、突然呼吸が苦しくなった。そしてその夜、犬の散歩中にスケートボードに興じる若者たちに遭遇し、彼らの傍若無人な振る舞いに腹を立てていたら、また突然息が出来なくなった。過呼吸発作はこれまでも何度かあったが、一日に二回は初めてである――。

「ふうん。で、反撃はしなかったの?」と伊良部。

「反撃、ですか?」

「そう。煽り運転のミニバンを追いかけて、信号待ちで止まったところを、車から引きずり下ろしてボコボコにしてやったとか。スケボーのガキどもは、家までゴルフクラブを取りに戻って、公園に引き返して滅多《めった》打《う》ちにしてやったとか」

「いや……」克己は一瞬返事に詰まった。「そんなことしたら逮捕されちゃうでしょう。わたしは家族持ちの普通の会社員ですよ。そもそも暴力に訴える気はありません」

「じゃあ、怒りを堪えているうちに、徐々に頭に血が上って、過呼吸の発作を起こし、パニック障害に陥ってしまうわけね」

「ああ、そうですね。眩暈や動悸もするので、そのパニック障害というやつかもしれません」

克己は伊良部の指摘にうなずいた。最近の症状の特徴は、過呼吸に続いて、死んでしまうかもしれないという恐怖に襲われることだ。

「ちなみに、福本さんは昔から規則を守るタイプ?」伊良部が聞いた。

「そうですね。中学高校時代も、ちゃんと校則は守っていたと思います」

「で、守らない人間を見ると腹が立つと」

「ええ、そうですね」

「しかし注意はしない」

「ええ……。でも、ほとんどの人間はそうでしょう。歩きたばこをしている人に、あなた、路上喫煙は条例違反ですよと注意しても、逆切れされて揉め事になるだけでしょう」

「ぐふふ。わかったもんね」伊良部が不気味に笑った。「福本さんの過呼吸症候群の原因。わかっちゃった」

「何ですか?」

「つまり、アンガー・マネージメントが出来ていないんだよね、福本さんの場合」

克己はその指摘に首を傾げた。アンガー・マネージメントは近年マスコミでもよく聞く言葉だが、すぐに癇癪《かんしゃく》を起す人たちに対してのカウンセリングを指す言葉のはずである。

克己の疑問を察したらしく、伊良部は「すぐに怒るのも問題だけど、ちゃんと怒らないのも問題なの」と付け加えた。

「これって日本人にとくに多いんだよね。他人のルール違反や道徳に外れた行いを見かけても、対立を避けて口をつぐんじゃう。それで怒りを溜《た》め込んで、自身の中で爆発しちゃうわけ。福本さんの過呼吸やパニック障害はそこから来てるのね。だから治すのは簡単。怒ればいいの」

伊良部が突飛なことを軽く言う。克己は黙って聞いていた。

「海外なんかに行くと、街中で人がしょっちゅう怒鳴り合いをしてるじゃない。あれって日本人が見るとぎょっとするけど、彼らからすると自己主張も非難も当然の権利で、日常茶飯事なんだよね。だから、言うだけ言ったら、あとは何事もなかったかのように日常に戻る。要するに怒り慣れているわけ」

「はあ、なるほど……」

その説明には克己も納得がいった。以前、北京に出張したとき、店員と客が激しく言い争っているのを目撃し、この国でクレーマーは相手にされないだろうと羨《うらや》ましく思ったことがある。

「争いごとだらけの国って、一方では寛大なのね。自分が思ったことを言うから、他人に言われても発言権だけは尊重する」

「確かにそうですね。しかし、怒ればいいと言われても……」

「練習だね。人間、何事も試してみることが大事。鍛錬と修行で人は変われるんだから」

「はあ……」

克己は頷いたものの、具体的に何をしていいのやら見当がつかない。

「とりあえず通院してね。おたくの総務には通院が必要って言っておく」

「通院ですか……」

「そう。いろいろ療法のプログラムを組んでみるから」

「わかりました」

「じゃあ注射、行こうか」

「注射？」

「そう。元気が出るビタミン注射。おーい、マユミちゃん」

伊良部が診察室の奥に声をかけると、カーテンがさっと開き、ミニのワンピースの白衣を着た若い看護師がワゴンを押して現れた。不機嫌そうにガムをくちゃくちゃと嚙んでいる。

呆気に取られて見ていると、注射台に左腕を載せられ、とくに説明もないまま注射を打たれた。ふと人影に気づき、横を見る。伊良部が鼻の穴を広げて針が皮膚に刺さる様子を凝視していた。ええと、自分は今どこにいるんだっけ。克己は異空間にさまよい込んだような錯覚を覚えた。

注射が終わると、看護師が嚙んでいたガムを口から取り出し、克己の額に押し当てた。「はい、終わり」鼻で笑って言う。

えっ。いったい何が起きたのか。困惑して声も出なかった。伊良部と看護師はそんな克己をじっと見つめている。しばしの沈黙。克己の額にはガムがくっついたままである。

「ねえ福本さん、なんで怒らないの？」伊良部が顔を覗《のぞ》き込んで聞いた。

「いや、だって、突然のことに驚いて……」

「重症だなあ。普通、こんな真似されたら注射台ひっくり返して猛抗議するんじゃない？」

「いや、でも……」

「まあ、いいや。気長に治そう。怒りを溜め込まない。我慢しない。そのことに注意してね」

「はい……」

マユミという看護師は、克己の額からガムをはがすと、すいませんでしたとも言わず、ワゴンを押して去って行った。医師といい、看護師といい、実に不思議な神経科である。

結局、何も解決しないまま診察室を後にすることになった。一階の受付で会計を済ませる。料金が二万円なのでびっくりした。何かの間違いかと思い、細目を見ると、カウンセリング料一万八千円とある。嘘だろう？　三十分程度いただけで……。克己は憮然《ぶぜん》としつつ料金を支払った。とんだぼったくり病院である。二度と来るかと心の中で吐き捨てる。

そして病院を出て十メートルほど歩くと、「すいませーん」と会計したときの女性事務員が追いかけて来た。「会計、間違ってました。初診料と注射で二千円でした」と言う。

「そうだよね。高いんでびっくりした」

克己は安堵《あんど》した。いくらなんでも二万円のわけがない。

「伊良部先生が、二万円請求して患者さんがどういう反応を示すか報告するようにって。そういう業務命令があったんですよ。ごめんなさいね。あの先生変わってるから」

事務員が申し訳なさそうに苦笑いしている。

克己は脱力した。伊良部が、ガマガエルのような顔でニッと笑う姿が目に浮かぶ。ふざけてるのか、治療の一環なのか――。ただ、一方で自分が情けなくなった。異議を唱えずおとなしく支払った自分は、伊良部が指摘する通り、ちゃんと怒れない病《やまい》なのである。

2

病院でアンガー・マネージメントを指摘されたせいか、克己は自分の性格をこれまで以上に意識するようになった。伊良部が言うように、確かに自分は怒ることが苦手で、そのせいか自分には関係ないことまで腹を立て、日々不愉快な思いを味わっているのだ。

先日は、電車の優先席に若い女が平然と座り、目の前に老人が立っているのに譲りもせずスマホをいじっている場面に遭遇し、克己は腹が立った。注意すべきかどうか迷っているうちに他の席が空き、老人は座ることが出来たが、それでも悪びれることなく座り続けている女を見ていると胃がむかむかし、頭の中では、女に制裁を与える自分の姿が浮かんで来るのである。

女が電車を降りるとき、すかさず後ろに立ち、ドアが開いた瞬間、思い切り尻を蹴飛ばす。女はホームに倒れ込み、驚愕の表情で振り返る。その女に向かって、「この馬鹿女。お年寄りに席も譲れないのか。恥を知れ」と言い捨てる。女は怒りにわなわなと震え、何か言おうとするが、その前に扉が閉じ、電車は発車する――。

ああ、この女を蹴飛ばしてやりたい。そんな空想をしていたら眩暈がし、過呼吸の発作が出て、自分が電車から降りる羽目になったのである。

ゆうべはテレビのニュース番組を見ていて発作が起きた。画面では河川敷でバーベキューを楽しむ市民に混じって、酒に酔った若者グループが大音量で音楽を鳴らしたり、遊泳禁止の川に飛び込んだりして大騒ぎし、周囲に迷惑をかけているというニュースが流れている。腕にタトゥーを入れた男がマイクを向けられ、「盛り上がってるぜー」と開き直っていた。そして彼らの帰った後には空き缶や生ゴミが散乱している。

克己は、自分が河川敷に乗り込んで連中を成敗する姿を想像した。相手は大勢だから素手というわけにには行かない。それに動物のような連中なのだ。ここは火炎放射器を使いたい。軍用車で乗り付け、何事かと周囲が見つめる中、おもむろに火炎放射器を取り出し、馬鹿どもに向かって発射する。ゴーッ。逃げ惑う馬鹿ども。それを見て克己は「わははは」と高笑いする――。

「ねえ、パパどうしたの?」

妻が顔を覗き込んで言った。娘たちも不思議そうに見ている。

「いや、何でもない……」

克己は咳払《せきばら》いしてごまかしたが、顔が急に熱くなった。そして次の瞬間、呼吸が出来なくなった。慌てて両手で口と鼻を塞ぎ、吐いた息を鼻で吸う。意識が遠のきかけ、ソファの上でもだえ苦しんでいると、娘たちは怖がって泣き出した。

「パパ。落ち着いて。ゆっくり息を吐いて、吸って」

すでに事情を知っている妻が懸命に背中をさする。

克己の毎日は、パニックと隣り合わせなのである。


「テレビのニュースでも過呼吸発作が起きちゃうんだ。これは重症だねー」

二度目の診察に行き、事情を話すと、伊良部がうれしそうに言った。克己の病状が会社にどう伝わったか、営業所長からは「福本、仕事なら心配するな。みんなでフォローする」と言われていた。だから心置きなく通院できるのである。

「ちなみにネットでも腹が立つ？」

「そりゃあ立ちますよ。頼んでもいないのに、告げ口みたいなニュースや動画がスマホに飛び込んで来て、つい見ちゃうから」

「そうだよねー。タレントの誰某がＳＮＳでこんなことを言った。それに対するネット民の反応は……。なんてニュースを一日に何本も読まされるんだもんね。ユーチューブだって、煽り運転や迷惑行為の動画が連日アップされて、観る人の怒りを誘発するようになってんだから。昔は他人と接触しなけりゃストレスなんかなかったんだけど、今は家にいてもストレスが勝手に飛び込んで来るもんねー」

「そうなんですよ。まさにそれです」

克己は我が意を得たりと指を立てて振った。現代社会はストレスが断りもなく飛び込んで来るのだ。

「しばらく入院したら？　テレビもネットもない病室を用意するからさ。ここにいればすべてのストレスから解放されるはず」

「先生。それは無理ですよ。会社も家庭もあるのに」

「会社なら大丈夫。おたくの総務には、福本さんは心身症の過敏性腸症候群で、急な下痢に襲われるため介護用オムツをはかせてるって報告してあるから」

伊良部が平然と言う。

「先生、それ冗談ですよね」

「ううん。それくらい言っておかないと。会社ってところは社員の心の心配まではしてくれないからね。代わりに脅しといてあげた」

伊良部は悪びれることもなく、突き出た腹をさすっている。克己は、営業所長が見せた気の毒そうな顔を思い出し、ため息をついた。

「じゃあ、今日からは行動療法を始めようか」

「行動療法ですか？」

「そうそう。福本さんにやってもらうのは一種のショック療法なんだけど、怒りを爆発させて、どうなるかを自身が経験するわけ。福本さんの場合、怒りの感情を言葉や行動にして表に出すことが出来ず、内に溜まるのが問題なわけだから、まずは町に出て怒鳴ってみようか」

「わたしがやるんですか？」

「もちろん。ぼくがやってもしょうがないじゃん」

「でも、何に怒鳴るんですか」

「福本さんがこの前言ってた、いつも煽り運転をされる県道に行ってみようか。そこで煽られたら、車を停めて、出て行って運転手を怒鳴りつけるってのはどう？」

「本当にやるんですか？」

克己が聞いた。医者がやることとは思えない。

「大丈夫。ぼくも一緒だから。ぼくの車で行こう」

「先生の車って何ですか？」

「ポルシェだけど」と伊良部。

「ポルシェは煽られないでしょう」克己が鼻に皺《しわ》を寄せて言った。

「じゃあベントレーでもいいけど。お父さんの車」

「もっと煽られません。煽られるのは軽自動車とか、ポンコツの中古車とか、そういうのですよ。要するに弱い者いじめです」

「じゃあ、病院の古い患者搬送車でやってみよう。外観は普通のワゴンだし」

「でも先生、他の患者を診なくていいんですか？」

「平気、平気。どうせ誰も来やしないから」

克己は耳を疑ったが、伊良部はあっけらかんと笑っている。

「じゃあ出かける前に注射ね。おーい、マユミちゃん」

名前を呼ばれ、カーテンの向こうから看護師のマユミが姿を見せた。先日同様ガムを嚙み、気怠《けだる》そうにワゴンを押して近づいて来る。注射台に克己の腕を載せると、マユミがガムを手で取り出した。ガムをつまんだ手が克己の額に伸びる。克己は体を引き、右手で額を隠した。しばし互いに見つめ合う。

マユミがフンと鼻で笑い、また自分の口に戻した。その後注射が打たれ、また伊良部が鼻をひくひくさせて針が刺さる様子を見入っている。克己はまたしても現実感が薄れていった。いったい自分は何をしているのか。

病院を出て、白衣を着たままの伊良部と二人で患者搬送車のワゴンに乗り込んだ。運転するのは伊良部である。「じゃあ、行くよー」とドライブにでも行くような調子でワゴンを発進させ、手慣れたハンドルさばきで幹線道路に出た。

「先生、運転うまいですね」と克己。

「でしょう？　ポルシェで何度かアマチュア・レースに出てるから」

褒《ほ》められて気をよくしたのか、伊良部がアクセルを踏み込む。エンジンが唸《うな》りを上げ、ワゴンは急加速した。

「先生。飛ばし過ぎ」

克己が床に足を踏んばって言った。

「そう？　パワーがイマイチだし、たいしたことないよ」

前方の車との距離がどんどん縮まる。克己は慌てた。

「先生、車間距離。車間距離」

「大丈夫。追突しやしないから」

「そういう問題じゃなくて、煽り運転だと思われますよ」

「そうかなあ」

伊良部が車線変更する。さらに加速し、また前方車両と急接近した。

「うわーっ」思わず克己が声を上げる。

「うるさいなあ」

「先生、いつもこんな運転してるんですか」

「うん。それがどうかした?」伊良部は悪びれた様子もなかった。

克己は思った。こういう男が社会を混乱させるのである。

「先生、わたしが運転します」

「そう。じゃあ、お願い。ワゴンなんて、運転しても楽しくないし」

一旦、路肩に停車し、運転を交代する。

「先生、事故や違反はないんですか?」克己が聞いた。

「ないよ。ゴールド免許」

「それは運がいいだけでしょう。あんな運転してたら、免許がいくつあっても足りませんよ」

「大袈裟《おおげさ》だなあ。一車線しかない道路だったら、流れに任せて普通に運転してるって。ただ首都高や環七みたいな道路だと、ついゲーム癖が出ちゃうかな」

「ゲーム癖？」

「そう。プレステのレーシング・ゲーム」

「……先生、そういうの、やめましょうね。ほかの車はゲームの障害物じゃないんだから」

克己が真顔で諫《いさ》める。助手席の伊良部はスマホでゲームを始めていた。

車は多摩川を渡り、神奈川県内に入った。いつも煽り被害を受ける県道まであと少しだ。

「ところで先生、煽り運転ってどうしてなくならないんでしょうね。あれだけ社会問題になり、何人も逮捕されているのに、今日も日本のどこかで煽り運転が起きてるんですよ」

克己が車を走らせながら聞いた。せっかくなので精神科医の意見を聞きたい。

「そりゃあ、自己中心的かつ攻撃的な輩《やから》は常にいるからねー。撲滅するのは無理なんじゃないの」

伊良部がゲームをしながら答えた。

「アンガー・マネージメントで収まらないんですか？」

「それは別のカウンセリングが必要かな。どけどけっていうオレ様運転は、怒ってるんじゃなくて単なる幼児性だからね。つまり正しく成長してないわけ」

「じゃあ、どう対応すればいいんですか？」

「躾《しつ》けるしかないんじゃない。痛い目に遭わないと治らないから。あーっ。話しかけるから、撃たれちゃったじゃん。せっかくステージ4まで行ったのに」

伊良部が顔をしかめ、悔しがっている。

「何をしてるんですか」

「バトルゲーム」

克己は、正しく成長してないのはあんただろうと言いたいのを堪えた。


しばらく走ると、いつもの県道に入った。朝夕を除けば渋滞のないルートで、今日も車は普通に流れている。こういうときこそ、もっと速く走れるだろうと煽る車が現れるのである。ドアミラーに注意していると、案の定、二台後方に黒のミニバンがいて、しきりに前の車を煽っていた。

「先生、いました。二台後ろのミニバン。よく見かける車です。煽り運転の常習者だと思います」

克己が言うと、伊良部は助手席で体を捻《ひね》って後方を眺め、「いやー、出た、出た。来た甲斐があったね」とうれしそうに言った。

やがてミニバンは前方の車を追い越し、克己の運転するワゴンのすぐ後ろについた。オレンジ色のセンターラインなので当然交通違反である。

「福本さん、速度を落として。ここは制限速度四十キロでしょ？　だから四十キロで走ろう。それで煽らせる」

伊良部が指示を出した。

「それ、本当にやるんですか?」

「早く、早く」

伊良部は嬉々としてスマホを取り出し、リアウインドウ越しに後続車を撮影した。それに気づいたミニバンの運転手が、かっとなったのかいきなり車間距離を縮めて来た。さらには左右に蛇行し、威嚇する。

「いいね、いいね。こういうの、ケツピタって言うんでしょ。初めて生で見た」

伊良部がはしゃいで言った。克己は事故を起こさないかと気が気ではなかった。ハンドルを持つ手に汗が滲《にじ》んだ。

「先生、よろこんでる場合じゃないでしょう。危険ですから、どこか広い路肩があったら停めて先に行かせますよ」

「だめだめ。治療にならないじゃん。煽りのピークで急ブレーキを踏むからね」

「はあ?」

克己は耳を疑った。そんなことをしたら追突されてしまう。

ルームミラー一杯に黒のミニバンが映り込んだ。

「はい、ここでブレーキ!」と伊良部。

「無理です!」克己が拒絶する。

「しょうがないなあ。この意気地なし」

伊良部はシートベルトを外すと、運転席の側に身を乗り出した。何をする気かと思えば、短い足を伸ばし、ブレーキを思い切り踏んだ。

「わーっ！」

克己が思わず悲鳴を上げる。同時に急な制動がかかり、体がシートから浮いた。

ガシャーンという音がして、背中を蹴飛ばされたような衝撃が走る。車は前につんのめり、克己と伊良部は車内で激しく振られた。追突されたのだ。

「痛てて……」

克己がうめき声を上げる。シートベルトに守られ、大きなけがはなさそうだが、首と背中に激痛が走り、視界には銀粉が舞っていた。

「ううう……」伊良部は、助手席と運転席の間で逆さになっている。

「先生、何をするんですか！」と克己。つい語気が強くなった。

「だってこうしないと、煽られ損じゃない」

「何を言ってるんですか！」

車内でうずくまっていると、追突した車の運転手が降りて来て、「コラァー！」と怒鳴った。運転席側の窓をドンドンと叩き、真っ赤な顔で「どうしてくれるんだー！」と喚《わめ》いている。

「福本さん、窓開けて」と伊良部。

「開けるんですか？　この人、怒り狂ってますよ」

「いいから開けて」

仕方なく、電動ウインドウを下す。

「てめえら、降りて来い！」

興奮した男が車内に腕を突っ込み、克己の胸倉をつかんだ。

「救急車。救急車を呼んで」伊良部が男に向かって言った。「首が痛い。きっとむち打ちだ。ああ、痛い、痛い」

「ふざけんじゃねえ！」

「ぶつかったのはおたく。おれの車をどうしてくれる！」

伊良部は首を手で押さえ、芝居がかった口調で大袈裟に訴えた。

「ほら、福本さんも合わせて。痛いよー、痛いよー、痛いよー」

小声で指示され、克己も従った。

「痛いよー、痛いよー」

「そっちが急ブレーキを踏んだんだろう！」

「おたくが煽るから、怖くなってブレーキを踏んだだけ。こっちは悪くないよー」

「てめえら……」

男は次の言葉が出て来ないようで、口を震わせている。

そうこうしているうちに、後方では渋滞が発生していた。車を降りて様子を窺《うかが》っている運転手もいる。男はそれを見て少しは我に返ったのか、自分の車の損傷程度を確認し、「もういい、行け！」と克己に怒鳴った。警察が来たら煽り運転が取り沙汰され、自分に不利に働くと判断したようだ。

「行けって言われても行けないよー。怪我してんだから。おたくも逃げちゃだめだよ。動画も撮ってるから、当て逃げで逮捕されるよ」

伊良部が動じることなく言った。

「ふざけるな」

男は吠えるが、さっきまでの勢いはない。

「じゃあ福本さん、一一〇番して。追突事故。救急車も要請」

指示され、克己がスマートフォンで一一〇番した。男はその場に立ち尽くし、「信じられねーよ」と繰り返しつぶやいている。

「痛いよー、痛いよー」

伊良部がしつこく繰り返す。役者なのか、天然なのか。

渋滞はさらに長くなり、対向車線も見物渋滞が発生していた。

「痛いよー、痛いよー」

男は言葉を失い、途方に暮れている。


結局、追突した男は危険運転致死傷罪で書類送検され、事故ではなく事件として扱われることになった。伊良部は素早く弁護士を立て、車の修理代と治療費、そして慰謝料も請求したとのことである。男は建築関係の自営業で、逮捕歴もなく、いたって普通の家族持ちと聞かされた。だから裁判沙汰になることに青くなっているらしい。

「自分は悪くないと言い張ってたけど、警察で証拠の動画を突き付けられてしゅんとなったみたい。で、慰謝料一人百万円を請求したら、泣き落としに早変わり。ま、半分くらいにまけてやってもいいけどね。あの男にはいい薬になったんじゃないかな。これで煽り運転に懲《こ》りたのなら、社会の役にも立ったってことだし」

首にコルセットをつけた伊良部が、ストローでコーヒーを飲みながら、満足そうに言う。

「しかし、あそこで急ブレーキを踏むなんて、先生もどうかしてますよ。怖くなかったんですか？」

同じくコルセットをした克己が、顔をしかめて聞いた。むち打ちは三日で治ったが、伊良部が全治一カ月と診断したので外してもらえない。

「全然。大したスピードじゃなかったし、せいぜい打撲程度だろうって」

「それにしたって、わざわざ事故を起こさなくても……」

「ああいうのは一度教訓を与えないとわからないの。それより福本さん、今回は過呼吸発作もパニック障害も起きなかったんだから、行動療法の効果はあったんじゃない？」

「先生の急ブレーキでパニックにはなりましたがね」

「それは慌ててただけでしょ？　あのとき煽られたままやり過ごしていたら、きっと怒りが体内で爆発して、過呼吸発作を起こしてたはず。それがなかったんだから効果はあったんだよ」

伊良部が勝手なことを言う。ただ克己は一理あるとは思った。ひどい目には遭ったが、煽り運転に一矢《いっし》報いた感があり、スカッとしたのだ。

「じゃあ、次こそ実際に怒ってね」

「まだやるんですか?」

「だって福本さんはまだ怒ってないじゃん。明日から、町の迷惑行為のひとつひとつに注意して回る。きっと向こうは逆切れするだろうから、どうやり返すか。溜まった物をバーッと出しちゃおう」

伊良部がそう言って両手を広げる。克己は、本当にそれが行動療法なのかと言いたかったが、伊良部のペースに巻き込まれ、反論できなかった。

「危険なんじゃないですか?」

「大丈夫。インストラクターを付けてあげるから」

「インストラクター?」

「そう。怒るのがうまい人がいるの」

「はあ……」

またしても伊良部の言いなりになる。この精神科医はまるで宗教のグルのようだ。

3

伊良部が呼んできたインストラクターというのは、元ヤクザだった。今どき珍しいピンストライプのスーツを着込み、髪はオールバック。昔のヤクザ映画から抜け出て来たような、街を歩けば絶対に人が避けて通る風体《ふうてい》である。

「こちら猪野《いの》さん。元ヤーサンで今は堅気《かたぎ》なんだけど、債権回収とか、街金の用心棒とか、そういうのやってるって言うから現役と変わんないよね。あはは」

伊良部が猪野という元ヤクザの肩を叩いて紹介する。

「先生、おれも忙しいんだから、こういうのはたいがいにしてくださいよ」

猪野が不機嫌そうに凄んで言った。

「いいじゃん。倒産した病院の債権回収の仕事、いつも回してあげてんだから」

伊良部はお構いなしである。

「しょうがねえなあ。で、この患者ですか？　ちゃんと怒れないってえのは」

「そうそう。猪野さんの指導で一人前の怒れる男にしてよ」

伊良部が事情を説明すると、猪野は克己をねめつけ、「今日、殻を破りな」と低い声で言った。その迫力に思わず喉が鳴る。

早速、伊良部の運転するポルシェで渋谷に向かった。学生時代はよく遊んだ街だが、社会人になってからはまるで縁がなく、テレビで見るだけだった。行ってみると、スクランブル交差点は相変わらず若者で賑わい、三十五歳の克己は完全な門外漢である。

まずは三人で駅周辺を歩き、迷惑行為を物色した。目につくのは喫煙者で、喫煙所があるにもかかわらず、その外に出て平気でたばこを吹かしていた。克己は見るだけで腹が立った。彼らはルールを守る気が最初からない。

えるとなった。「じゃあ、福本さん。手始めにあの連中を注意して来て」

伊良部が顎《あご》をしゃくって言った。コルセットをはめているので、トドが首を傾げたように見える。


「どう言えばいいんですか？」

「煙《けむ》いんだけどさあ、ブースの中で吸ってくれる？　そんな感じ。ほら、鼻輪付けてるパンク野郎がいるから、まずはあの男ね」

伊良部に言われて見ると、モヒカンの髪を放射状に逆立《さかだ》てた凶暴そうな男が、気怠そうにブースの壁にもたれてたばこを吸っていた。

「大丈夫。大丈夫。近くに交番あるし。それに、いざとなったら二人で助けに行くから」

伊良部が背中を押すので、克己は覚悟を決めた。猪野に言われたように自分の殻を破りたいという思いもあった。こんな機会でもなければ、他人の迷惑行為に注意するなんてことはない。

前まで行くと、男が顔を上げた。首にコルセットをはめた克己を胡散臭《うさんくさ》げに眺めている。目が合ったところで、克己は思い切って声を発した。

「あの、えーと、煙いんだけど、中で吸ってくれない？」

かなり柔らかい口調になってしまったが、とにかく言った。

「あ？」男が顔色を変えた。「何だ、てめえは。あっち行ってろ」

「喫煙ブースがあるんだから、中で吸えばいいだろう」

言いながら胸がどきどきした。男が額に青筋を立て、顔を近づける。

「喧嘩売ってんのか、オッサンよお」

「煙いから中で吸ってくれ。そう言ってるだけだけどね」

「てめえ、さっさと消えねえと、ぶっ飛ばすぞ」

男が顔を赤くして威嚇した。さて、この先はどうするべきか。喧嘩をしたことがないので見当がつかない。

「中で吸ってくれ。煙いんだよ」

ええい、ままよ、と繰り返し言った。男が目を血走らせ、克己の足元に吸殻を投げ捨てる。

「危ないな。拾いなよ」と克己。

「てめえが拾え」

男がとうとう切れて、克己の太ももに膝蹴りをくれた。

「痛いな。何するんだ」

「うるせえ。もういっぺんむち打ちにしたろか」

男が腕を伸ばしてきた。克己はさすがに身の危険を感じ、振り返って伊良部たちに助けを求めると、そこに二人はいなかった。

あらーっ。どこへ行ったの――。心の中で叫び声を上げる。

男に胸倉を摑まれた。「あの、えーと、すいません」克己は思わず謝ってしまった。

「はあ？　謝るくれえなら、最初から文句つけんじゃねえ！」

男は怒りが収まらないのか、もう一度膝蹴りをくれた。そして克己の足元に唾《つば》を吐くと、交差点の方へ去って行った。通行人が遠巻きに眺めている。なんという情けなさ。克己は穴があったら入りたい気分である。

とりあえず伊良部たちを捜すと、二人はビルの陰にいて、腹を抱えて笑っていた。

「ひどいじゃないですか」

克己が抗議する。伊良部は悪びれもせず、「福本さん、情けないなー。やられっ放しだったじゃん」とからかった。

「福本さんとやら、あんた、タマはついてんのか。あんな小僧になめられて」

猪野は憐《あわ》れむような目で克己の胸を突いた。「まあ、いい、見てろ」そう言って大股で歩き出す。さっきの男を追いかけ、背中に向かって大声を上げた。

「おい、そこのモヒカン！　鶏《にわとり》みてえな頭したお前！」

通行人が一斉に視線を向ける。猪野はお構いなく声を上げ続けた。

「聞こえねえのか！　そこのニイチャン！」

男が振り返った。猪野の人相風体を見て、一瞬にして顔を強張《こわば》らせる。

「ニイチャン、忘れ物だ！　ほれ、こっちに来い！」

猪野が手招きすると、男は困惑しながらも恐る恐る戻って来た。

「お前、何を忘れたかわかるか」猪野が正面から対峙して言う。

「いいえ」さっきとは一転して、かしこまった口調で答えた。

「お前、たばこを喫煙所で吸わず、外で吸ってたよな」

「あ、はい……」

「それで吸殻はどうした」

「いや……」

「どうしたって聞いてんだよ！」

猪野が落雷のような怒声を発すると、男は亀のように首をすくめ、口が利けなくなった。

「お前は吸殻を火も消さずに道端に捨てたな。それが忘れものだ。拾え」

猪野が命じると、男は青い顔で吸殻を拾った。

「この辺はたくさん吸殻が落ちてるから、ついでに拾え」

「えっ」

「何だ。文句あんのか」

猪野が鬼の形相で睨《にら》みつける。男は災難と諦《あきら》めたのか、素直に従った。

「お前、さっき人に注意されて逆切れしたな。胸倉摑んで、膝蹴りまでくれた。立派な暴行罪だ。あのお方はうちの組の親戚筋でな、おれも黙ってはいられねえ。どうオトシマエを付ける気だ。慰謝料かァ？」

猪野が立て板に水の勢いで責め立て、男はますます顔色をなくした。もはや男は言いなりで、関係ないゴミまで拾わされている。

克己は、自分にもこんな器量があったらと、彼我の差にため息をついた。ポンポンと啖呵《たんか》を切り、相手を言い負かす。そうでなくても怯《ひる》まず言い返せるだけで克己には羨ましい。

男は五分ほど猪野に脅され、説教を食らい、克己に謝罪したところで解放された。とりあえず溜飲は下がった。やられたままなら、後でふつふつと怒りが込み上げ、過呼吸発作を起こしていただろう。

「じゃあ、次、行ってみよう」伊良部が出発進行のポーズで言う。

「先生、まだやるんですか?」克己は顔を歪めて異議を唱えた。「ぼくには無理ですよ。猪野さんとは見た目がちがい過ぎるんだから。チワワが吠えても誰も怖がらないけど、ドーベルマンが牙を剝《む》いたらみんな逃げ出すでしょう。訓練でどうにかなるとは思えないですけど」

「あのね、勝ち負けじゃないの。正しく怒れるかが肝心なの」

そう言われると、そんな気もする。

「あのな、福本さんよ」猪野が肩に手を回して言った。「先生を信じな。先生と一緒に遊んでもらってるうちに、神経症は治るんだよ。おれもそうだった。前に尖端恐怖症で箸も持てない時期があったが、先生のカウンセリングを受けたら、いつの間にか治っちまったよ」

「はあ、そうですか……」

よくわからないが、元ヤクザが主治医にするくらいだから、伊良部には何かあるのだろう。

渋谷の街を歩くと、今度は坂道の階段に座り込むガラの悪そうな若者三人組がいた。通行の妨《さまた》げになっているが、当人たちは迷惑行為との自覚もないのか、避けて通る通行人に目もくれずおしゃべりをしている。おまけに昼間から缶ビールを飲んでいた。

「さあ、福本さん。注意して来て。君ら邪魔だろうって」

「言うこと聞かなきゃ蹴飛ばして来な」

二人が指示を出す。克己は治療と自分に言い聞かせ、男たちのところに向かった。

「君ら、ここに座っていたら通行人の邪魔だろう」

三人相手なので、緊張してさっきより声が上ずった。

「はあ？　何だオッサンよお」「避ければ通れんだろう」「喧嘩売ってんのかよ」

男たちが顔色を変え、口々に威圧する。予想通りの反応だった。さてどうしたものか。さっきの二の舞は確実だろう。克己は二言目を発することなく、来た道をすごすごと引き返した。

「何だ、あのオッサン」「頭おかしいのか」

そんな声が背中で聞こえ、我ながら情けなくなる。

「うそ。あれだけ？」「あんた、相手はガキだろう？」

伊良部と猪野が、処置なしといった体《てい》で天を仰《あお》いだ。

「じゃあ、今度は先生が手本を見せてください。猪野さんが出てけば、あいつらはビビるに決まってるから、先生が行ってください」

克己が口を尖《とが》らせて言う。伊良部は「しょうがないなあ」とつぶやくと、すたすたと男たちの元へと歩いて行った。

「君たち、邪魔なんだけど、どいてくんないかなー」

伊良部が明るい声で話しかけた。

「何だよ、てめえは」「またコルセットかよ」「何かあんのかよ」

男たちが表情を険しくし、言い返す。

「邪魔だって。どいてどいて」

伊良部が手で追い払う仕草をする。男たちはおちょくられていると思ったのか、いっそう気《け》色《しき》ばみ、伊良部を睨みつけた。

「ほら、立って、立って」

「勝手だろ」「立たねえよ」「さっさと消えろ。このデブ」

チンピラそのものの体で罵声を浴びせる。少し離れた場所で見ている克己にすべては聞こえてこないが、剣呑な空気だけは伝わった。

「猪野さん、助けなくていいんですか？」

「大丈夫、大丈夫。あの先生は常識外の人間だから。心配するだけ無駄」

猪野が呑気な調子で言い、かぶりを振った。

「それにしたって相手は三人ですよ。しかも不良だし」

「平気、平気。そもそも一般人とは周波数がちがうから喧嘩にはならねえよ」

猪野の説明に、克己は思わず「ほう」と唸った。確かに会話が嚙み合わなければ喧嘩にはならない。

伊良部は男たちの脅しに動じることなく、「しょうがないなー」と言うと、階段を数段上がったところで腹這《はらば》いになった。

「先生は何してるんですか」と克己。

「おれに聞いてわかるか」と猪野。

二人で下から眺めていると、伊良部は寝転がった姿勢で男たちめがけて転がり始めた。「ゴロゴロゴロ」自分で擬音を発している。

「先生、転がってますが」

「ああ、転がってるな」

男たちがぎょっとして飛び上がった。左右に道を開け、伊良部が転がっていくのを呆然と眺めている。そして互いに顔を見合わせ、珍しい生き物でも目撃したように眉をひそめた。

「君たち、階段を占拠してるとまた来て転がるぞー！」

伊良部が立ち上がり、大声で叫んだ。多くの通行人が足を止め、何事かと眺めている。

男の一人が伊良部に話しかけた。二言三言やり取りがあって、男たちの表情が緩んだ。伊良部がどこかのビルを指さして、男たちが見上げている。「えーっ」とか「うそー」と言う声が聞こえる。そこに緊張感はなかった。

「何か談笑してますが」

克己はキツネにつままれた気分である。

「だろう？　これが先生の先生たる所以《ゆえん》よ。誰とでも打ち解けちゃうんだよ。最初に診察を受けたとき思ったことだが、あの先生、人間に対する先入観が一切ないんだな。見た目で判断しねえんだ。だからヤクザのおれを怖がらなかったし、おれにはそれが新鮮だったわけよ」

猪野の言葉に克己がうなずいた。確かに伊良部は物事全般に境界線を引かない。

「早い話、赤ん坊と一緒だな」

猪野が付け加える。それが一番腑に落ちた。

話が終わり、男たちが軽く手を挙げて去って行く。戻って来た伊良部に克己が聞いた。

「何を話してたんですか？」

「もしかして、ドッキリか何かですかって聞くから、こっちも調子を合わせて、あれ、わかっちゃったー、なんて答えたわけ。カメラはビルの屋上から撮ってるとか、適当なこと言って。首にコルセットをしたおじさんが代わる代わる来るから、何かの企画かって、向こうも思ってたみたい」

「はあ……」

「渋谷のマナー向上運動でやってるの、君たちも協力して。みんなで安全な街づくりをよろしくねーって言ったら、素直に聞き分けてくれたけどね」

伊良部が得意げに言う。ただ猪野は黙って苦笑していたので、実際は変な中年男にからまれて退散したといったところなのだろう。

「わかった？　福本さん。ビビってちゃダメってこと」

「しかし先生、わたしも階段を転がれって言うんですか？　猪野さんといい、先生といい、レア過ぎて真似できませんよ」

克己が言った。

「福本さんは、すぐそうやって言い訳をする」

「そうだよ、殻を破りな」

二人に言われ、返事に窮した。

「治療、治療」

伊良部が布袋《ほてい》様のようにニッと笑っている。

4

その後も過呼吸発作とパニック障害に改善の兆候は見られなかった。ネットもテレビもなるべく見ないようにしているのだが、一歩家を出ればストレスだらけである。横断歩道で信号無視の自転車とぶつかりそうになり、満員電車で無神経な乗客のリュックを顔に押し付けられ、その都度立腹するのだが何も言えず、時間差でふつふつと怒りが込み上げ、呼吸できなくなるのだ。

おまけに妄想もエスカレートした。頭の中では〝カスチャリ〟を蹴り倒し、リュック男を駅の階段から突き落とし、カカカと哄笑《こうしょう》しているのだが、現実とのギャップがさらに頭に血を上らせ、症状を悪化させた。

克己は、改めて自分の性格を情けなく思った。伊良部なら躊躇《ちゅうちょ》なく抗議し、聞き入れられなければ所構わず転がるだろう。良識と言い訳しつつ、本当は臆病であるに過ぎない。

そんなある日、得意先との売買契約で鎌倉に行くことになった。営業所の軽自動車で湘南の入り組んだ道を走り、江ノ島電鉄の踏切に差しかかったときのことだった。丁度警報がカンカンと鳴り始め、遮断機が下り、克己は車を停車させた。するとどこからともなく怒声が聞こえて来た。

当初、克己は誰の声かわからず、前を見たままでいたのが、次第に声が大きくなり、しかも複数の人間が一斉に怒鳴っているように聞こえ、ふと横を向いた。するとそこには数人のカメラを構えた若い男たちがいて、目を吊り上げて怒鳴っていた。

「下がれー！　この馬鹿！」

「邪魔だー！　消えろー！」

何事かと一瞬頭が真っ白になる。どうやら罵声は自分に浴びせられているようである。

「早く下がれ！　電車が来ちゃうだろう！」

克己はどうしていいかわからず、後方に車がいないことを確認し、バックした。警報が鳴る中、江ノ電のクラシックな二両編成の車両が踏切を通過していく。男たちは一斉にシャッターを切った。中には線路内に立ち入っている男もいて、電車の警笛がけたたましく鳴った。

ああ、そうかと、克己は事態を把握した。彼らは鉄道写真マニア、いわゆる〝撮り鉄〟なのである。初めて見た。それにしても馬鹿とは何だ。

電車が走り去ると、男たちは路上で撮った画像を確認し合っていた。狭い道を塞いで悪びれる様子もない。さらにはゆっくりと横を通過する克己の車を睨みつけ、これ見よがしに舌打ちまでした。よく見れば十代と思しき若者たちである。

何て傍若無人な振る舞いなのか。この連中に常識はないのか。克己はふつふつと怒りが込み上げ、あの男たちを制裁する自分を想像した。車のトランクから自動小銃を取り出し、空に向かって威嚇射撃する。慌てて逃げ惑う男たち。克己はそれを追いかけ、何人かを捕獲し、アスファルトに正座させる――。そして想像の最中、例によって呼吸が苦しくなった。慌てて車を停め、両手で鼻と口を覆う。発作が収まるまで十分以上かかった。

得意先で撮り鉄たちの振る舞いを話すと、担当者も顔をしかめ、「ひどいよね、あの連中は」と実情を教えてくれた。

「ヒットしたアニメ映画で、江ノ電の踏切が舞台になったのね。別れのシーンらしいんだけど、キラキラ輝く海をバックに、踏切前に男女が立っているところを江ノ電が通過していくシーンがいいんだって。それに感動した若者たちがその場所を写真に撮ってSNSにアップするものだから、いつの間にか聖地になっちゃった。で、撮り鉄も押し寄せるようになったわけ」

「迷惑な話ですね」

「そうそう。線路内に入るわ、交通の妨げはするわ、ゴミは捨てるわ。おまけに撮影の邪魔だと言って、通行人に罵声を浴びせたりするから、ひどいものですよ」

「実はわたしも怒鳴られました。どけ、だの、消えろ、だの」

「今日はまだいい方。什器《じゅうき》の搬入、日曜日でしょ？　そのときまた来てくださいよ。もっといるから。でもって、高校生みたいなのから一斉に罵声を浴びせられるんだよね。恒例行事。もう腹が立って、腹が立って――。たぶんみんな十代でしょう。社会経験が乏しいから、善悪の区別もつかないんだろうね」

「誰か注意してるんですか？」

「ときどき警察がパトロールで回って来て、見かけたら注意はしているみたいだけど、言うことと聞くのはそのときだけ。地元民は何も言わないかな。逆切れされるのがオチだし」

「そうですよね。なかなか言えないですよね」

克己は、いずこも同じだと自己弁護した。日本人はみんな我慢して生きているのだ。

翌日、病院に行って伊良部に話すと、「どうして何も言わなかったの」と叱られた。

「恰好《かっこう》の行動療法の場面じゃん。福本さん、そこで無法な撮り鉄どもを怒鳴りつけてたら、過呼吸発作も治ったかもしれないよ」

伊良部が目を見開き、手振りを交えてまくし立てる。

「でも、向こうは何人もいるんですよ。喧嘩になったらどうするんですか」

「ならない。どれだけ威嚇しても実際に暴力を振るうのは一割以下。それにもし暴力を振るわれたら、福本さんは被害者だから、たんまり慰謝料請求できるし、相手は青くなるだけだって」

「そうは言っても、実際にその場に居合わせると声なんか上げられませんよ」

「意気地なし」

この日の伊良部はなぜか辛辣で見下すように言った。

「先生、弱ってる患者になんてことを言うんですか」

克己はむっとして言い返した。

「だって本当のことだもん」

「いくら本当のことだって……」

「そうやって自分に言い訳して、殻にこもって、一生他人の迷惑行為に我慢してりゃあいいの」

「そんな言い方って……」

克己は見放された気がして、軽いショックを受けた。なんだかんだ言って、伊良部を当てにしてきた。

「もう無駄、無駄。今日が最後でいいよ。こっちも付き合い切れない。おーい、マユミちゃん」

伊良部が看護師を呼ぶ。いつものようにカーテンの向こうからワゴンを押したマユミが現れ、注射の用意をした。

マユミが噛んでいたガムを指で取り出す。克己を見据え、額に貼ろうと手を伸ばした。克己は何も考えられず、されるに任せた。

伊良部とマユミが顔を見合わせる。

「こりゃ重症だなー。だいぶ気が弱ってるよ。入院する？　個室、安くするけど」

「結構です」

克己は力なく返事をし、注射を済ませ、診察室を後にした。

受付で会計をすると、また二万円だった。事務員が克己の表情を窺っている。克己は財布から一万円札を二枚抜き取ると、カウンターに叩きつけ、走って病院を出た。事務員が「すいませーん」と追いかけて来たが、無視して走り続けた。額にガムがくっ付いたままだが、どうでもいい気分だった。


日曜日、什器を搬入するためまた鎌倉へ出向いた。前回と同じ道を走行し、踏切に差し掛かると、午前九時前だというのに十人以上の撮り鉄たちがいて、ポジション取りをしていた。大きな脚立《きゃたつ》を持ち込んでいる連中も多数いて、道幅が半分くらいに狭まっている。そして踏切に捕まると、例によって罵声を浴びせられた。

「どけー！」「下がれー！」

よくよく見れば、彼らの大半はひ弱そうな高校生で、集団心理が働いて気が大きくなっているものと思われた。通り過ぎるときも、興奮した様子で、「殺すぞ！」と物騒な言葉を投げつけられたが、恐らく普段は喧嘩も出来ないおとなしい高校生だろう。鉄道を撮るときだけスイッチが入り、エキサイトするのだ。

となれば、こちらも引き下がってばかりもいられない。彼らに社会のルールを教え込むのは、大人の役目だ。こんなとき、伊良部ならどうするか。ためらうことなく転がるだろう――。

搬入先でトラックの到着を待ち、無事に什器を納めることが出来た。先方の担当者と少し話をしたとき、「今日は天気がいいから、撮り鉄が大挙押しかけて来ますよ。遠回りになるけど、海岸線は避けた方がいいと思います」とのアドバイスを受けた。

克己にそうする気はなかった。ここで自分から殻を破らないと、過呼吸発作は治らない気がした。遅ればせながら、意を決したのだ。

克己は軽自動車に乗り込み、来た道を引き返した。するとさっきよりも撮り鉄の数が増えていて、電柱によじ登っている者もいた。通行人は眉をひそめながらも、何も言わず駆け足で通過していく。

克己は手前の路肩に車を停め、少し離れた場所から彼らの様子を観察していた。踏切の警報が鳴り、遮断機が下りる。そこを二両編成の電車が通過していく。太陽を浴びて輝く海が、車両の窓を通して見える。その美しさに克己は目を奪われた。マニアが写真に収めたがる気持ちも当然だろう。しかし、それが迷惑行為の免罪符になるわけはない。

次の警報が鳴ったとき、克己はすたすたと踏切に向かって歩いた。

「おい、止まれよ!」「邪魔なんだよ!」罵声が背中に降りかかる。

克己はお構いなく歩を進め、降りたばかりの遮断機のポールの前に立った。そして振り返り、ラジオ体操第2のイントロを大きな声で奏でた。

「ラジオ体操第2、ヨーイ! タンタカターン、タンタカターン、タタタタタタン、タンタカターン、タンタカターン、タタタタタ――」

「何やってんだよ、てめえ!」

「ふざけんな！」

「電車が来ちゃうだろう！」

撮り鉄たちが憤怒《ふんぬ》の表情で叫ぶ。

「両足飛びで軽く全身を揺する運動。ハイ、イチ、ニ、サン、シ――」

克己は自分で号令をかけ、ジャンプを繰り返した。子供の頃、夏休みになると毎朝集まってやっていた体操なので、メロディも動作も体が覚えている。

「何で、ここでラジオ体操やってんだよ！」

「てめえ、おれらにいやがらせしてんのかよ！」

怒号が飛び交い、辺りは騒然となった。しかし、克己はポーカーフェイスで体操を続ける。

「手足の曲げ伸ばし。振り上げて、曲げ伸ばして、曲げ伸ばして、振り下ろす。ゴウ、ロク、シチ、ハチ――」

「オッサン、どいてくれよ！」

「こっちは千葉から来てんだよ！」

遂には撮り鉄たちが駆け寄り、克己を取り囲んだ。克己は平然と正面を見据え、ラジオ体操を続けた。動じることはなかった。それどころか不思議な恍惚《こうこつ》感がある。

「腕を前から横に大きく開いて前回し。イチ、ニ、サン、シ――」

「どけよ！　海が光る時間帯は今しかないんだよ！」

「ここで体操する必要あんのかよ！」

撮り鉄たちが顔を真っ赤にして怒っていた。

「足を横に出して、胸の運動。ゆっくり胸を反らし、前で緩めて。ゴウ、ロク、シチ、ハチ――」

「動画撮ってるからな。ユーチューブでさらしてやるぞ！」

「個人を特定して、勤務先でも炎上させてやる！」

ゴーッという音を立て、後ろを電車が通過していく。警報がやみ、遮断機が上がった。克己はそれを確認し、ラジオ体操をやめた。

「どうしてくれんだよ！」

「こんだけ晴れた日なんてなかなかねえんだぞ！」

撮り鉄たちの怒りは収まらない。

「君らが路上を占拠して写真を撮る権利があると言うなら、ぼくにはここでラジオ体操をする権利がある。来週も来るからな。よろしく！」

克己が片手を上げ、撮り鉄たちに告げた。上ずることなく、堂々と言えた。最後は笑顔まで自然に出た。何やら胸の奥に溜まっていたものが一気に排出された感があり、心は軽かった。突飛な行動を恥ずかしいとも思わなかった。怖くもなかった。やったぞ。殻を破ったぞ。自分で自分を称《たた》えている。

「信じらんねえ」

「それでも大人かよ」

彼らの身勝手な抗議を、克己は晴れやかな気持ちで聞き流していた。

克己が撮り鉄たちを妨害したラジオ体操第2は、彼らの予告通り動画サイトにアップされ、たちまちネットの話題になった。再生回数は一週間で百万回を超え、SNSでも拡散され、いろいろな人間のコメントがネット上に飛び交った。《馬鹿がいた》《ワロタ》《新手のカマチョ?》——。カマチョというのはネット用語で「かまってちょうだい」の意味らしい。

一方で克己の行為を称賛する声も多く、《よくやった!》《スカッとした》《これからもやって欲しい》というコメントが寄せられた。みんな人知れず腹を立てていたのだ。

そして個人も特定された。ネットに顔がさらされ、百万人以上が閲覧すれば時間の問題なのである。会社の同僚からは奇異の目で見られ、妻からは「あなた大丈夫?」と心配された。さらにはマスコミも取り上げ、ワイドショーから出演を打診された。もちろん断ったが、克己は生まれて初めて時の人気分を味わうことになった。

「しかし、何でラジオ体操第2だったの?」

伊良部のところに行くと、真っ先にそれを聞かれた。

「いや、それが自分でもわからないんですよ。何かしなければと思ったんですが、さりとて転がる階段はなかったし、踊るにしても振り付けは何も知らないし、だったら体が覚えているラジオ体操第2だろうって。ごく自然に体が動いたんです」

「ふうん。福本さんも変わってるね」

おい、あんたが言う台詞か。克己は心の中で即座に突っ込んだ。

「でも実直な雰囲気が伝わってよかったんじゃない？　あれがオタ芸なら仲間同士のいざこざかと思われただろうし」


「はあ、確かに……」

そう指摘されると、克己は腑に落ちる感があった。操られるようにラジオ体操第2を演じたのは、若い無法者たちと異なる価値観で対抗しようとしたのかもしれない。

「でも福本さんの行動は正しかったね。最初からルールを守る気のない人間には、ルールを説いても聞きゃしないからね。となると眼には眼をの論法しか効果はない。一種の正当防衛なんだよね。ぼくの言ってる行動療法とは、まさにそういうこと」

「はあ、なるほど……」

克己がうなずく。伊良部は変人だが、言うことの筋は通っている気がしないでもない。

「流行《はや》るよー。ラジオ体操第2。無言の抗議の象徴になるんじゃない？　街のあちこちで、迷惑行為に対して抗議の体操が繰り広げられるわけ。あはは」

伊良部が上機嫌で笑っていた。どうやら自分は、多くの人に笑いを提供したようである。

この日はマユミも愛想がよかった。克己を見ると微《かす》かに含み笑いし、「体操、かっこよかったですよ」と言った。ガムも嚙んでいなかった。よく見れば美人である。

「また来てねー」と伊良部に送り出され、診察室を後にする。克己は、これで過呼吸発作は収まった気がした。足取りも軽く、思わずスキップした。

その夜、克己は犬の散歩に出かけた。いつもの公園に差し掛かると、中から「ゴー」という騒音と共に、スケートボードに興じる若者たちの声が聞こえた。ベンチや手すりにボードをぶつけ、遊戯に興じている。以前なら迂回するところだが、迷わず足を止めた。

克己はひとつ深呼吸し、公園に足を踏み入れた。若者たちに近づき、声をかける。

「君ら、ここがスケートボード禁止だってことは知ってるだろう。音はうるさいし、ベンチは削れるし、みんな迷惑してる。やめてくれないか」

いたって穏やかに言った。自分は大人なのだ。若者たちは途端に不機嫌そうな顔になり、そのうちの一人が「うっせーな」とつぶやいた。

「もう一度言う。やめてくれないか」

若者たちは克己を無視し、スケートボードを続けた。「イエーッ」「ヒューッ」これ見よがしに奇声を発している。

克己は犬のリードを遊具のポールにつなぐと、もう一度若者たちに近づいた。そして輪の中に入り、声を張り上げた。

「ラジオ体操第2、ヨーイ！　タンタカターン、タンタカターン、タタタタタタン。タンタカターン、タンタカターン、タタタタタ――」

若者たちが動きを止める。互いに顔を見合わせ（もしかして……）という表情をした。

「両足飛びで軽く全身を揺する運動。ハイ、イチ、ニ、サン、シ――」

克己が体操を始める。若者たちはしばらく立ち尽くしていたが、やがて肩をすくめ、公園から去って行った。

うっかり億万長者

1

午前七時にセットした目覚まし時計がピコピコと電子音を奏で、河合保彦《かわいやすひこ》は眠い目をこすりながら、ベッドから降りた。ワンルームマンションの、もう一方の壁際に置かれた横長のデスクに向かい、扇状に並んだ三つのパソコンを次々と起動させる。前日のアメリカの株式市場をチェックするためだ。軽い立ちくらみをこらえ、画面を凝視する。

大きな変化はなかった。アメリカの値動きはそのまま日本の株価に影響を与えるため、毎日注意を払わなければならない。

コーヒーをいれ、ビタミンや食物繊維が入ったクッキーをつまみ、日経新聞を開く。企業の動向や新製品情報を読みながら、同時にパソコンの株式サイトも閲覧する。一度にいくつもの文字やグラフを追うのがすっかり癖になっていた。見るものがひとつしかないと落ち着かないほどだ。

遮光カーテンの隙間からは、白い光が漏れていた。天気予報によれば、今日は快晴で小春日和らしい。もう半年以上、部屋のカーテンを開けていなかった。出かける先のない人間にとって、晴れの日は怨めしいばかりだ。雨のほうが落ち着く。二十六歳の保彦は、会社を辞めて二年になるが、近所以外にはほとんど出かけていない。ここ一年間は、友人知人にも会っていなかった。

午前八時。東京市場が開き、早速前日に大きく動いた銘柄をチェックした。あらかじめ板《ボード》を見ておき、売買開始直後の株価変動を予測しておく。ボードとは、買い注文と売り注文の状況をリアルタイムで見られる掲示板のことだ。

栄養補助食品だけでは腹がふくれないので、ポテトチップの封を切った。少しつまむつもりが、止まらなくなって全部食べる。ペットボトルの水を飲み、呼吸を整えた。まるで運動をしていないので、食事をしただけで疲労を覚える。

午前九時。いよいよ売買がスタートした。最初の売買で一日のリズムが決まる。事前にピックアップした銘柄でどんどん仕掛けていく。買うのはスピード勝負だ。

そろそろ天井だろうと踏んでいたＩＴ企業株がどんどん下がっていた。急落を恐れた投資家が売りに殺到しているのだ。自分も十万株の半分をホールドして売ることにした。二十万円の損だが、損切りは早いに越したことはない。あとは様子見だ。続いて値上がりランキングを調べる。原油高で突如人気が出た石炭会社がどんどん値を上げていた。いかにも怪しい動きだが、好奇心から二百三十円で五万株買う。

便意を催しトイレに行った。ここ最近はずっと下痢腹だ。神経から来ているのだろうと、保彦は自覚していた。

戻ってくると、石炭会社が〝ちょい下げ〟していた。なんということか。こういうときは機械的に損切りするに限る。二百二十五円で全部売り、二十五万円の損。「ばかやろう」画面に向かって毒づいた。

新規上場したばかりの、何の業種かも知らないカタカナ名前の会社の株が、今日はストップ高気配だった。あわてて四十五万円で四十株買う。

気になってさっき半分売ったＩＴ企業を見たら、激しく下降しながら二十円も安くなっていた。うわっ。心の中で叫び、残りの五万株を売る。百万円の損失に顔が熱くなった。

午前十時。マザーズ指数の上昇に伴い、新興の電子メーカーが値を上げてきた。九十五万円で三十株買う。

売りが増えてきた不動産会社の株を早々に引き払い、やっとこの日三十万円の利益が出た。別の会社の株も売り、なんとか損失を百万円以内に押さえ込む。

また便意を催した。仕方なくスマホをトイレに持ち込んだ。用を足しながら、画面を見る。一分の遅れが命取りになるので、市況からは片時も目を離せない。

午前十時三十分。電子メーカーがぐんぐんと値を上げてきた。こうなると売り時だ。一方、下がっていた石炭会社が急に上がり始めた。仕手筋が一般投資家をふるい落とそうとしてひと芝居打ったのか。急いで買い戻すことにした。

電子メーカーがまた値を上げる。九十八万円になり、ここらで売ることにした。九十万円の利益を得る。石炭会社がまた崩れてきた。いったい誰が動かしているのか。怖くなって売った。けれどさっきの損は取り返した。

午前の最後として、製薬会社の株を七十七万円で十株買う。これで大きく挽回したい。

午前十一時半。前場《ぜんば》が終了した。損益を計算するとプラス十二万円だった。

どっと疲れが出る。月平均二千万円を稼いできた自分としては〝負け〟も同然だ。

保彦は三十分ほどベッドで横になり、神経の昂《たか》ぶりを鎮めた。その後、パジャマからジーンズとセーターに着替え、外に出ることにした。外と言っても近所のスーパーだ。惣菜売り場で弁当を買い求めるのがいつもの日課だ。外食をすることはなかった。金はあるのだから、寿司でもトンカツでも食べればいいのだが、一人で暖簾《のれん》をくぐるのは気が進まない。

売り場でいちばん高い特選幕の内弁当を選んだ。これでも七百八十円だ。ついでに夕食用に、霜降りステーキ肉と野菜サラダをカゴに入れた。会計を済ませ、スーパーを出た。

せっかくの晴天なので、近所の公園に行った。ここはタクシー運転手たちが休憩がてら弁当を食べており、保彦が一人ベンチにいても怪しまれることはない。

特選幕の内弁当を広げ、エビフライを頰張った。味は知れている。おいしいと思ったことはない。

十八歳で北陸の地方都市から上京した保彦は、一応は名の知れた大学の経済学部を出て、業界最大手の生保会社に就職した。合格したときは、実家の両親が近所に菓子を配って歩くほどよろこんだ。保彦自身も誇らしかった。これで将来が保証された気になった。

ところがいざ入社すると、仕事に馴染めなかった。配属された営業所での成績が、からっきしだめだったのである。激しい競争に付いていけず、外交のおばさんたちにも、いいように翻弄された。上司に異動を申し出ると、「新人は誰でも営業から始めるんだよ」と怖い顔で叱責された。

保彦は初めて自分の適性を思い知った。勉強は得意だが、人との交渉は苦手なのだ。就職面接はマニュアル通りに切り抜けたに過ぎない。

どうにも辛くなって、二年で退社した。新規大卒採用の三割が三年以内に離職する時勢のせいか、引き止められることもなかった。それどころか職場からは「お荷物が消えてくれたか」という声が聞こえた。しばらく寝込むほど傷ついた。再就職するまで黙っていようと、実家には知らせなかった。

若いし焦る必要はないと思い、じっくりと職探しをしたが、これはと思う会社はなかなか見つからなかった。はなから内勤を希望する人間など、企業も好んだりはしない。そうこうしているうちに、株を始めてみる気になった。多少は知識があるし、世は株ブームだった。政府のゼロ金利政策は、個人投資家の後押しをしているとしか思えない。それに、時間が有り余っていた。

カタログをいくつか取り寄せ、手数料の安い証券会社に口座を開設し、蓄えた五十万円で始めてみた。リスクは覚悟していた。甘い希望は抱かなかった。

最初の三日で五十万円が半分になった。損切りができず、回復を期待してしまったせいだ。次の三日間でさらに十万円を減らした。負けを取り返そうとして、博打《ばくち》を打ってしまったのだ。血の気は引いたが、教訓は得た。順張りが基本で、損切りが生命線だ。

無一文になってもいいと開き直り、地道にデイトレードを重ねた。すると二週目で元金を取り返し、三週目で十数万円の利益を得た。そして一月で倍の百万円になった。

コツがわかると夢中になった。パソコンの前から離れられなくなり、午前九時から午後三時まで市況と向き合うことになった。損切りは秒を争うため、その感覚はゲームそのものだった。そういえば自分は子供の頃、ゲームばかりをして過ごしていたことを思い出した。基本的に一人遊びが好きなのだ。

三カ月で資産は一億円を超えた。値動きの大きい新興銘柄や新規公開株で連勝を重ねたからだ。一億円あると、張り込む金額がちがうので、損切りさえできれば面白いように資産は膨《ふく》れていった。

一年で三億円を突破し、二年経った今では資産十億円を有していた。十億円。一生遊んで暮らせる金額だ。

もっとも億万長者の実感はない。金を遣う暇とエネルギーがないのと、いつすべてを失うかわからない恐怖心がその理由だ。儲けたときのよろこびは大きいが、損をしたときの痛手はそれ以上に大きい。

この生活がいつまで続くのか自分でもわからない。孤独には慣れたが、一抹の虚しさはついて離れない。人が見たら、ひきこもりの青年だと思うだろう。

弁当を食べていると、どこかの飼い犬がとことこ寄ってきた。大型の洋犬だ。いたずら心が起こり、ソーセージを目の前で振り、からかってやった。犬が目にも留まらぬ速さで食いついた。ついでに指を齧《かじ》られた。

「痛ててて」保彦が悲鳴を上げる。飼い主とおぼしき初老の婦人が青い顔で駆け寄ってきた。

「すいません。大丈夫ですか」婦人は保彦の手を取り、傷口をのぞき込んだ。「んまあ、血が。大変。病院に行きましょう」上品に頬を手で包む。

「いえ、あ、あ、あの……」

平気です、バンドエイドでも貼れば治ります——。その言葉が出てこなかった。代わりに保彦はかぶりを振った。たいした傷ではないし、こちらにも落ち度はある。

「これ。パンジー。なんてことをするの」婦人が強い口調で飼い犬を叱りつけた。「木下さん。ちょっと来て」続いて中年の男を呼びつける。「このお方を病院へお連れしてちょうだい」

「かしこまりました」執事か運転手のような男が現れ、保彦を立たせた。

「いや、あの、ぼくは……」うまく舌が回らない。

「お願い。手当を受けてちょうだい。うちは病院なの。伊良部総合病院。ご存知でしょ？　線路の反対側の」

婦人が懇願した。よく見れば上等そうな服を着ている。広いつばの帽子など貴族のようだ。香水のいい匂いもする。

「いえ、あの。じ、じ、時間が……」腕時計を見た。もうすぐ十二時半だ。午後の売買がスタートする。

「お仕事？　これから会社？」

「いや、その、ぼくは無職っていうか……」

「だったら治療して。傷は応急処置が大事なの。二十分で済みますから。もちろん治療費はすべてうちが負担します」

「いや、しかし……」こっちはその二十分が命取りだ。午前中に買った銘柄が揃って値を下げたら、一度に数百万円が吹き飛ぶ。

「木下さん。お願い」

「かしこまりました」

腕を取られ、引っ張られた。抵抗したくても、足腰が弱っているのか踏ん張りが利かない。公園を出ると、馬鹿でかいロールスロイスが停まっていた。有無を言わさず後部座席に押し込まれた。犬も乗ってくる。じゃれて上にのしかかってきた。顔を舐《な》めまくられる。「これ、パンジー」婦人も乗り込み、うしろは満員になった。

車が発進した。滑《すべ》るように道を突き進んでいく。ええと、何でこうなるの？　腕時計を見る。十二時半を一分過ぎていた。大変だ——。

「あの、ぼく、降ります」

「いけません」

「でも、帰らないと」

「どなたか待ってるの？」

「いや、そういうわけでは……」

頭の中で市況の掲示板が点滅していた。数字がどんどん変化していく。値を上げたり、下げたり。午前の最後に、製薬会社の株を七百七十万円分買っていた。あれは今頃……。

血の気が引き、全身が震えた。ドアのレバーをガチャガチャと引く。

「ちょっと、あなた。何をしてるの」

「ぼ、ぼく、降りないと」

猛烈な焦燥感に襲われた。じっとしていられない。

「落ち着いて。すぐに病院に着くから」

「そうじゃなくて、ぼく、ぼく……」

犬に頭を齧られた。「痛てててて」

「これ、パンジー」

全身の震えがますます激しくなり、呼吸も苦しくなった。動悸《どうき》がする。汗が噴き出た。いったい自分はどうなったのか。こんなのは初めてだ。そもそも言いたいことが言葉にならない。

突然、話しかけられて恐慌をきたした。舌がもつれる自分に、ますます慌てふためいている。

次の瞬間、音が消えた。犬の鼻、婦人の帽子、運転手の後頭部、それらが歪んで見える。だんだん色がなくなった。犬がぺろりと顔を舐めるが皮膚に感覚がない。ああ気絶するな、とやけに客観的に思った。

保彦は、きりもみで墜落する小型飛行機のように、くるくると闇に落ちていった。

目が覚めると、光が見えた。万華鏡のように二重三重に揺れ、ゆっくりと回る。やがてそれが天井の蛍光灯だとわかった。「ああ、起きたわ」そんな声が聞こえる。「よかった。気がついて」帽子を被った婦人の顔が、ひょいと視界に入り込む。続いてカバのような鼻の穴が別の角度から突き出た。

「一郎ちゃん。ちゃんと診てあげてね。おかあさん、これから会合があるの」

「えー。ぼくが診るの？」

「だってパニック障害でしょう。外科に預けるわけにはいかないわよ」

「いいじゃん、そんなの。今日はこれからアキバでフィギュアショーがあるんだよね」

「いけません。ちゃんと診ないと、お小遣いあげませんからね」

「ちぇっ」

二人で会話を交わしていた。

ここはどこか。そっと首を持ち上げる。白衣を着た太った医師と、太ももを露《あらわ》にした看護師が目に飛び込む。犬もいた。「病院よ。診察室。心配しないで」くだんの婦人が目を細めて言った。

「指の怪我は消毒して包帯を巻いたから、もう大丈夫。それからさっき車の中で気絶したでしょ？　寝ている間にCTスキャンとか血液検査とか、いろいろ診てもらったけど、機能的にはすべて正常なの。だからきっとパニック障害だと思う。わたしの息子が精神科医だから、ついでにそれも治しましょうね」

「はあ……」

息子と言われた男を見る。胸の名札に《医学博士・伊良部一郎》という文字があった。「うわっ。しっしっ」じゃれてくる犬を手で追い払っている。

「わたしはユニセフの会合があってこれで失礼します。何かあったら息子に言ってちょうだい。それから……藤原先生」

名前を呼ばれて、身なりのいい中年紳士が前に出た。「弁護士の藤原です。あなたのお名前は」低い声で言った。

「ええと、河合保彦と申します」

「では河合さん。慰謝料として五万円支払います。今回の件はこれで示談ということでよろしいでしょうか」

「あ、はい」ついうなずく。

「それではこれに署名をしてください」

目の前に紙を広げられ、見ると念書だった。よくわからないまま、体を起こし、サインをした。引き換えに茶封筒を手渡される。お金のようだ。

「うわっ。あっちへ行け」伊良部という医者は、犬が苦手なのか、診察室を逃げ回っていた。

「じゃあ、行きましょう。木下さん。車を回してちょうだい。パンジー。出かけるわよ」

婦人と犬とお付きの者たちが、ぞろぞろと診察室を出て行った。ユニセフの会合とか言っていた。きっと名士なのだろう。保彦は呆気に取られたまま、診察台の上で正座をしていた。残されたのは、丸い体型の医師と、ガムをくちゃくちゃ嚙んだ看護師と、自分の三人だ。

「あーあ」伊良部が、一人掛けソファに腰を下ろし、大あくびをした。「ちぇっ。おかあさんもなあ、帳簿に載せられないクランケなんか残して。診療報酬の水増し請求できないじゃん」

なにやらぶつぶつ言っている。

「あのう、もう帰ってもよろしいでしょうか」保彦が恐る恐る聞いた。

「だーめ。注射一本打ってから」と伊良部。「おーい、マユミちゃん」と声を上げ、看護師に注射の用意をさせた。

マユミと呼ばれた看護師が、やけに太い注射器を手に持ち、不機嫌そうな顔で近づいてきた。針の先からぴゅっと薬液が跳ねる。保彦はここで突如として思い出した。製薬会社の株を買っていた。午後の市況を見ていない。急に心臓が早鐘を打った。

診察台から転げ落ち、出口へと這って進む。誰かに足を引っ張られた。振り返ると伊良部だった。蛙のように床に這っている。

「離してください。早く帰らないと大変なことに……」保彦は懸命に訴えた。

「そうはいかないもんね。ぐふふ。いやあ、河合さん、注射嫌いなの？　いいなあ、そういうの。余計に燃えちゃう」

不気味に笑い、足を手繰《たぐ》り寄せられた。保彦は手で床をかき、必死にもがいた。

「マユミちゃん。ここで打っちゃって」

「じゃあ、脱がせてくださいよ」マユミは気怠《けだる》そうに言い、横で仁王立ちした。ミニの白衣なのでパンツが丸見えだ。

伊良部が腰のベルトに手を伸ばした。バックルを器用に外し、ジーンズとパンツを一緒に引き下げた。下半身が露出する。「何をするんですか」前を押さえ、保彦は声をあげた。

マユミがうしろ向きにまたがった。尻がどんと背中に乗る。体が完全に押さえ込まれた。おれはここで何をしているんだ？　尻にチクリと痛みが走る。「痛ててて」顔をゆがめ、背中をのけぞらせた。壁の掛け時計が見えた。午後三時を指していた。午後の売買が終わる時間だ。なんてことだ。自分は二時間以上も気を失っていたのか。あの銘柄はいったいどうなったのか――。

明日の朝九時まで打つ手がないとわかったら、全身の力が抜けた。塩をかけられたナメクジのように床に伏せる。

「あれ、おとなしくなっちゃったね」と伊良部。

「死んだんじゃないですか」とマユミ。

「死んでませんよ」保彦はやっとのことで声を振り絞った。

「河合さん、もう急いでないんでしょ。じゃあ、せっかくだからコーヒーでも飲んでいってよ。おーい、マユミちゃん。コーヒーふたつね」

伊良部に勧められ、保彦は診察室のスツールに腰を下ろした。あらためて向き合うと、この医師はトドのような体型だ。にっと微笑《ほほえ》むごとに、顎《あご》の肉がゆさゆさ揺れる。

「で、パニック障害っていうのは前からなの？」

「いいえ。今日が初めてです」保彦は首を伸ばすようにして答えた。

「それに、苦しそうに喋るね。失語症の経験はある？」

はっとして首を横に振った。声は出るが、舌がもつれるのは事実だ。普段口を利く相手がいないので、つい緊張してしまう。

「職業は？」

「……無職です」

「いいなあ。毎日何してるわけ？」伊良部がコーヒーに砂糖を三杯も入れ、音を立ててかき混ぜている。

「……一応、インターネットで株の売買を」

「あ、わかった。最近流行のデイトレーダーってやつね。あれ、マスコミが囃《はや》し立ててるけど、実際は損する人が多いんだってね。うちの病院でも一月で三百万円すった内科医がいてね、ストレスで胃潰瘍になってやんの。あはは」

むっとしたが、黙ってコーヒーをすすった。おれがいくら儲けたと思ってる。心の中で啖呵《たんか》を切った。

「結局、中毒になっちゃうんだよね、デイトレーディングは。パソコンの前から離れられないし」

確かにそうだ。この二年間、前場の九時から十一時半までと、後場《ごば》の十二時半から十五時までは、家から出たことがない。

「今日の失神も案外そこから来てるんじゃないの。株式市況を見てないとパニックに陥っちゃうとか」

それは図星だ。以前にも似た出来事はあった。昼休みに混んでいる食堂に入り、注文の品が出てくるのが遅くて十二時半が近づいたとき、居ても立ってもいられなくなり、アジフライを一口齧ったただけで店を飛び出した。

「まあ、とりあえず通ってよ。よく効く注射を打ってあげるから」

「通うんですか？　何時に？」

「九時から十五時のあいだに」

「それは無理です。十五時以降なら来られます」

「生意気だなー。患者の癖に」伊良部が、カルテを手に口をとがらせている。「それじゃあ治療できないじゃん。こっちだって、おかあさんに聞かれたとき困るんだよね」

「あのう。往診はやってないんですか？」

「往診？」伊良部が鼻に皺《しわ》を寄せた。「いいよ、やってあげても。一回十万円だけど」ソファに膝を立て、えらそうにふんぞりかえる。

なんという無茶苦茶な医者……。けれど意地を張りたくなった。十万円なんて、束にもならない紙切れだ。たまには金を遣ってみたい。

「わかりました。お願いします」

伊良部が顔を上げた。カルテを膝にぽとりと落とす。

横から頰を撫でられた。見上げるとマユミが立っていた。

「ナース付きだと十五万円だけど」耳元で言い、甘い息を吹きかけられた。

「わかりました。いいでしょう」

しばしの静寂。誰かが廊下を歩くサンダルの音が響く。

「……あのさあ。河合さん、デイトレーディングで儲けてるわけ？」伊良部が聞いた。

「まあ、それなりに」保彦はもったいぶって答えた。

考えてみれば、人と話をすること自体が久し振りで、自分の快挙を誰にも知らせていなかった。親兄弟には、そもそも会社を辞めたことすら内緒にしている。

「いくらよ」

「十億ほど」

またしても静寂。今度は壁掛け時計の秒針の音まで聞こえた。

伊良部が布袋《ほてい》様のような顔になり、膝を詰めてきた。手を握られる。

「行く、行く。明日十時に行くね」強く振られ、保彦の体は前後に揺れた。

「いや、その頃は売買の最中で……」

「いいじゃん、いいじゃん。邪魔しないから」

うしろからマユミが体を密着させてきた。保彦の肩を揉んでいる。挟み撃ちされる恰好《かっこう》となった。

「河合さん、友だちになろうね」と伊良部。

「あ、た、し、も」マユミがささやく。

前後から息がかかった。毎日一人でいたせいか、これだけのことで人酔いをした。体温が上がり、汗が滲《にじ》み出る。

「十億円かあ。ぐふふ」

伊良部が手を離さない。保彦はいつまでも前後に揺れ続けていた。

2

翌日、いつものように部屋でパソコンに向かっていると、本当に伊良部とマユミがやって来た。

「うっそー。ワンルームマンションなの？」狭い室内を見回し、伊良部が顔をしかめている。

「もしかしてフカシ？」マユミも険しい目でつぶやいていた。

二十平米のスペースに三人も入り、部屋がたちまち狭くなった。来客があるのは、会社を辞めて以来初めてだ。

相手をしていられないので、保彦はマウスを片手にパソコン画面で売買を続けた。昨日の製薬会社の株は、やはり後場で急落していた。大金を張っていたため三百万円以上の損失を出していた。今日はなんとしても挽回しなければならない。

「ねえ、河合さん。コーヒーとか出ないわけ」伊良部がベッドに腰を下ろして言った。

「ちょっと、それどころじゃないから」保彦が手を振って答える。

マユミが勝手に冷蔵庫を漁り、ペットボトルのジュースを飲み始めた。「どれどれ」伊良部も歩いていき、買い置きしてあったソーセージやらさつま揚げを勝手に食べ始めた。

「この人、練り物好きだね」

「調理が面倒だからでしょ」

二人で論評している。もちろん保彦は目も向けなかった。

上昇気配を漂わせたバイオ企業を、迷いながら二百四十五万円で五株買った。しばらくは目を離せない。

伊良部とマユミが、ダイニングの椅子を持ってきて、左右に座った。パソコン画面をのぞき込んでいる。

「数字ばっかりじゃん。ミサイル砲とかは出てこないわけ?」

「先生。バトルゲームじゃないんだから」

日経平均が上がってきた。銀行株が強いようだ。こういうときはベーシックな銘柄が強いので、業界最大手の通信会社の株を一万七百五十円で五千株買った。

「ねえ、今何したの？」伊良部が聞いた。

「マイルドバンクの株を買ったんです」保彦が返答する。

「そうすると、どうなるわけ？」

それには答えないで別のパソコン画面をチェックした。

「上がれば儲かるし、下がれば損するんでしょ」マユミが頬杖をついて、だるそうに言った。

「マユミちゃん。今、この人、一万七百五十円の株を買ったよね」

「そう。五千株」

「ということは……」

「五千万円以上の取引」

伊良部が保彦の腕を抱きかかえた。「やっぱりぼくたち、友だちだよね」

「ええい。触らないの」保彦は肘《ひじ》で伊良部を押し返し、市況に集中した。

バイオ企業が値を下げた。しまった。勘が外れたか。こういうときはさっさと損切りをするに限る。二百四十二万円で全部売る。わずか三分で十五万円の損だ。

「どうでもいいけどさあ、河合さん、カーテン開けない？」伊良部が顎をしゃくって言った。

「暗いほうが好きなんです。画面も見やすいし」

「外は天気いいよ」

「株には関係ないです」

朝一番で買った銘柄が徐々に値を上げてきた。ゆうべの予習が効いたようだ。まずはＩＴ企業の株を半分リリースし、七十万円の利益を上げる。

「ねえ、今儲かったの？」

「うるさい」つい言葉が乱暴になる。

不動産銘柄が急上昇する。新規リゾート開発を打ち出した会社だ。とりあえず十万株売り、百万円の利益を得る。

「儲かった？」

「あのねえ。少し静かにしててください」向き直り、唾を飛ばして伊良部に抗議した。

朝方買い直した石炭会社が崩れてきた。昨日の後場で盛り返しているだけに、手放すタイミングに悩むところだ。

「あ、ＧＩジョーのフィギュア、めっけ」伊良部がラックの人形を見つけ、手に取った。

「先生。勝手に触らないで」

マユミが本棚からアダルトＤＶＤのパッケージを抜いた。

「あんた、彼女いないでしょう」

「な、な、何をするんですか」

あわてて奪い返した。汗がどっと噴き出る。その間に、石炭会社の株が急落した。

「うわーっ」保彦は声を上げた。大変だ。早く売らなければ。

全部手放したものの、気が散って操作に手間取り、余計な損失を出してしまった。十秒早く対処していれば、三十万円は損失を抑えられたはずだ。

二人に文句を言いたいが、時間が惜しかった。マイルドバンク株がまた上げてきたからだ。迷わず買い足すことにした。

「あら。この人また買ったね」

「一億近いんじゃないですか」

「ちょっと静かに――」

上げ幅がやや鈍化した。とりあえず千株をリリース。これでも数十万円の利益を得ている。

三分後、マイルドバンクが一万千円台の攻防に入った。こうなったら全部売りだ。残りを処分し、合わせて三百万円の利益を上げる。「よしっ」保彦は拳を握り締めた。

「ねえ、いくら儲かったの？」伊良部がしつこく聞く。

「三百万」保彦は鼻息荒く答えた。

マユミが膝を寄せてきた。「す、て、き」耳元でささやく。

午前十一時半が来て、前場が終了した。椅子に深くもたれ、大きく息をついていると、勝手に腕をまくられ、二人がかりで太い注射を打たれた。

「さてと、昼御飯でも食べに行こうよ。河合さんの奢《おご》りで」伊良部がベッドに寝転がり、すっかり寛いだ様子で言った。

「わたし、寿司がいい」マユミはベランダに出てたばこを吹かしていた。なにやら学生時代の下宿のようである。

「じゃあ、出前を取りますか」保彦は苦笑し、奢ることを承諾した。誰かと食事をするのは、お盆に帰省したとき以来だ。

出前のメニューを探していると、伊良部が「どうせなら食べに行こうよ」と言い出した。

「銀座の勘兵衛。儲かったんだしさ」

「銀座？　無理ですよ。遅くとも十二時十五分までには戻りたいから……」

「じゃあ、板さん、呼ぼうか」

「板さんを呼ぶ？」

「うん。出張握りっていうのがあるから。普通は予約がいるけど、うちはお得意さんだから頼めばオーケー」

伊良部がスマホを取り出し、電話をする。「大トロとウニ増量で大至急お願いね」気安い調子で頼んでいた。

マユミがインスタントコーヒーをいれてくれ、三人で飲んだ。ただしマグカップがひとつしかないので、二人は紙コップだ。

「で、河合さんは、毎日こんな生活をしてるんだ」と伊良部。

「ええ、まあ」

「どうして十億円も持ってて、ワンルームマンションに住んでるわけ？」

「なんとなく……忙しいし」

「ふうん。変わってるんだ」

あんたが言うか。その言葉を腹の中に呑み込む。

「車は持ってるの？」

「いいえ。持ってません」

「買えばいいじゃん。ベンツでも、ポルシェでも」

「はあ……でも時間がないし」

「ふふん。わかった。ひきこもりなんだ」伊良部がにんまりと微笑んだ。

保彦は顔が熱くなった。確かにその気《け》があることは認めるが、面と向かって言われると腹が立つ。

「要するに社会と関わりを持たずに生きていたい。やってることはパチプロと一緒だよね。ちがうのは動く金額とリスクの大きさかな。リスクが大きいから、ほかのことが考えられない。おまけにマネーゲームはゴールがないから、いつまでもやめられない」

伊良部はやけにうれしそうに言った。

「そんなの人の自由でしょ。放っておいてくださいよ」

「十億あったら、一生遊んで暮らせるよ」

「まあ、そうでしょうけど……」

「銀行に預けたら、資産運用担当がついて、手堅く投資信託で年に三千万円は増やしてくれるね」

「そうですか。ぼく、そういうの詳しくないから」

「ゲームの世界に入っちゃったんだ。ゲームだとやめられないよ」

保彦は黙って鼻をすすった。図星だから、返す言葉がない。事実、何度もやめようとした。最初は一億円に達したら口座を解約するつもりでいたが、その一億円にすぐに到達してしまったので、それなら三億円にするかと上方修正した。けれどその三億円も半年で突破し、五億、八億と目標は上がっていった。今自分は十億円の資産を持っているが、まるで満たされてはいない。次は二十億だと思っている。

「きっと世界中にいるんだろうね。河合さんみたいに、ものは試しで始めて、うっかり億万長者になっちゃった若者が」

〝うっかり億万長者〟か。保彦は目を伏せ、苦笑いした。

「遊んで暮らすにしたって、人生この先五十年ぐらいあるわけでしょ？　さあ大変だ」

伊良部が人の表情をうかがいながら、脅すようなことを言った。マユミは興味なさそうに株の情報誌をぺらぺらとめくっている。部屋のチャイムが鳴った。

「お、来たよ。寿司、寿司」伊良部が立ち上がり、大きな風呂敷を提げた板前を招き入れた。

板前は出張先がワンルームマンションであることに目を丸くしている。ダイニングテーブルを片付け、まな板とお櫃《ひつ》が置かれた。伊良部は上客のようだ。板前が「毎度どうも」と何度も頭を下げている。

「さあ、食べるぞー。河合さん、とりあえずお金を遣うことから治療を開始しようか」

「治療?」

「そう。自分がどれくらいお金を持ってるか、河合さんにはわからないでしょう。それを実感することからバーチャル世界を抜け出そうっていう治療」

伊良部がそう言い、肘で保彦をつついた。相手のペースにはまっているせいか、もっともな意見に聞こえた。確かに、株を始めてから金は単なる数字でしかない。

三人でテーブルを囲んだ。板前もいるので部屋はぎゅうぎゅう詰めだ。

「ぼくは大トロからね」と伊良部。

「あ、た、し、も」マユミが色っぽくテーブルに肘を載せる。

目の前に鮮やかなピンクの大トロが出てきた。つまんで口に入れる。保彦はおいしさに驚嘆した。これが銀座の高級寿司というものか。寿司といえば、チェーン店の出前か回転寿司しか知らなかった。

続いてウニが供された。爆発的旨さだった。海苔ひとつを取っても香りがちがう。

伊良部は二カンずつ口に入れていた。「明日は銀座の福臨飯店でも呼ぼうか」頬を寿司でいっぱいにして言う。

「いや、でも、ここのキッチンでは……」

「じゃあ、まずは引っ越しだね。今日からでも探し始めなさいよ」

「はあ……」

用意されたネタを片っ端から食べた。どれも初体験の味わいだった。保彦はこういう世界があることに驚いた。そうか、世の金持ちたちはこうやっていい目を見ているのか。

苦しくなるまで食べて、会計は三人で十万円だった。伊良部の顔でツケにしてもらい、あとで請求してもらうことになった。金額についてとくに感想はなかった。そんなものかと思っただけだ。ただ、扉がひとつ開いた気がした。不思議な解放感がある。


午後の売買が終わってから、保彦は一人で街に出た。伊良部に引っ越したほうがいいと言われ、探してみる気になった。これまでもインターネットで不動産情報をチェックすることはあったが、実行するには至っていなかった。

駅前の不動産屋に行き、窓に貼られた物件を眺めた。つい家賃十万円以下のものを探してしまい、もっと高くてもいいのかと一人苦笑する。中でいちばん高いのは家賃三十万円の2LDK、十二階建マンションの最上階だった。ここならいいかもしれない。都心の夜景も見えることだろう。敷金や礼金で百五十万円ぐらいかかりそうだが、今の自分には屁でもない金額だ。

しかし中に入るのに躊躇《ちゅうちょ》した。職業を聞かれたら何と答えればいいのか。「株をやってます」では、怪しまれるのがオチだ。おまけに保証人だ。実家の父を立てるのが妥当なセンだろうが、判をもらうのに家賃の額が知られてしまう。そうなれば、「おまえは何をしているのか」という話になる。

店の扉が開き、店主らしき中年男が顔を出した。「お客さん。中にもいい物件、ありますよ。

どういうのをお探しですか」愛想よく言う。

「いえ、見ていただけですから」

保彦はあわててかぶりを振り、その場を逃げ出した。自分でも驚くほどの動悸がして、冷たい汗が流れた。まるで大人に緊張する子供のようだ。

気を取り直し、渋谷に出て洋服を買うことにした。人ごみに紛れれば、自分のことなど誰も気に留めない。洋服はいつもインターネットショッピングで買える安い品ばかりだ。

渋谷の街は若者たちで溢れかえっていた。クリスマスシーズンということもあり、赤や金の飾り付けが華やいだ雰囲気を盛り上げている。

保彦はデパートに入り、一階のブランド売り場を歩いてみた。いずれの店舗も落ち着いた照明とディスプレイに彩られている。グッチの前で立ち止まった。ひとつスーツでも買ってみようか。何十万円したって買える。

けれど入る勇気がなかった。中の店員は一瞥《いちべつ》をくれるものの、「いらっしゃいませ」とも言ってくれない。学生のような身なりの男など客とは思っていないのだろう。

とりあえず素通りした。あの手のブランド店に入るには、前段としてグレードの高い服が必要だ。

保彦は五階の紳士服売り場に行った。ここなら比較的買いやすそうだ。しかし今度は、商品を触ってみただけで店員が駆け寄ってきて、保彦は落ち着きを失った。どういうわけか大汗が流れ、喉がからからに渇き、一刻も早くこの場から逃げ出したくなるのだ。

インターネットで買えたら、何でも買うのに——。そんなことを考え、ため息をつく。

結局、デパートを出て安価が売りのカジュアル衣料店に入り、試着もせずにセーターとブルゾンを買った。パンツも欲しかったが、裾上げのための試着がいやで、先送りにした。

そのあとはデパートの地下食料品売り場に行き、キャビアやらローストビーフやら高級食材をカゴいっぱいに買った。こちらはレジを通すだけなので、まるで気後れすることはなかった。

要するに、自分は社会との関わりを恐れている。伊良部の言ったとおりだ。

こんなにおどおどした億万長者は自分ぐらいのものだろう。そのへんを歩いている貧乏そうな学生のほうが、よほど堂々としている。

ジングルベルのメロディがセンター街に響いていた。保彦は重い疲労感を覚え、一人家路をたどった。

3

次の日も、伊良部とマユミはマンションにやってきた。前場が終わる頃、中国人のコックを従えて、大きな中華鍋と共に現れた。

「センセイ。ここで作るの無理アルヨ」

「大丈夫だって。陳《チン》さんの腕前なら」

「だって火力弱いアルヨ」

「出来る範囲でいいんだから」

なにやら言い合いをしている。マユミは腰をくねらせて近づいてくると、保彦の顎をさらりと撫で、「今日はいくら儲けたの？」と息を吹きかけて聞いた。

「今のところ五十万、損してます」

「あんたねえ、ちゃんと勝ちなさいよ。勝ってマーシャルのアンプを買いなさいよ」途端に目が吊り上る。

「マーシャルのアンプ？」

「いい出物があるの。三時過ぎたら一緒に御茶ノ水に行くからね」

「ええと……」

この間にも調理が始まり、キッチンで中華鍋に油の弾ける音がした。換気扇では間に合わず、煙が部屋中に充満する。保彦はあわてて窓を開けた。

「先生。冷菜から食べてるのことアルヨ」ちょび髭《ひげ》のコックの指示で、ピータンやくらげ、チャーシューを食べた。おいしさに呆然とする。

「はい、牛肉とニンニクの芽のオイスター炒めアルヨ」

最上級の肉だった。ハラハラと舌の上でほぐれていく。

「はい、次はフカヒレの姿煮ネ」

フカヒレを食すのは初めてだった。伊良部がこちらを向き、「一皿二万円」と眉を上下させる。続いて上海蟹が出てきた。これも初体験だ。蟹味噌の複雑な味に驚嘆した。どうりでみなが目の色を変えるはずである。

アワビも出てきた。なるほどこれがアワビか。初物尽くしで気持ちが上ずり、ゆっくり味わう余裕もない。

最後はチャーハン。家庭用コンロでどうしてこんなにパラパラに作れるのか、魔法を見ているようだった。

「あー疲れた。センセイ。割増料金もらうアルヨ」コックが額に汗を浮かべて言った。

「うん、いいよ。払うの、この人だから」

請求書がテーブルに置かれる。見ると二十万円だった。保彦に異存はなかった。初めて高級中華料理を食べられた感激に満たされている。一人だったら到底縁がなかった世界だ。銀座の名店など気後れして入る勇気もない。

後場が始まると、伊良部とマユミは部屋にあったプレイステーションでゲームを始めた。

「先生。仕事はいいんですか？」保彦が聞いた。

「いいの、いいの。おかあさんには河合さんの治療だって言ってあるから」

ベッドに胡坐《あぐら》をかき、バトルゲームに興じている。いったい何がどうなっているのか。もはや困惑を通り越して、宇宙人に侵略された気分である。

ともあれパソコンに向かった。午前中のマイナスを取り返すべく、こまめに売買を重ねていく。健康食品会社の銘柄で二十万円の利益を得た。これがさっきの中華料理代かと思ったら不思議な気がした。たった五分の間に、マウス片手にクリックしただけで得た金だ。ちょび髭のコックが知ったら、これまでの修業はなんだったアルヨ、と悲嘆に暮れそうである。アワビを獲った漁師も納得がいかないだろう。

マネーゲームとはよく言ったものだ。得点を競うという点において、伊良部たちが今やっているゲームと根っこは同じだ。


午後三時になり、後場が閉じた。「さあ、行くよー」伊良部が調子よく言った。

「どこへ行くんですか？」

「マンション探しじゃん」

「付き合ってくれるんですか？」

「そう。治療だからね。それに、この部屋だとフレンチを呼ぶのはきつそうだし」

保彦は胸が温かくなった。一人じゃないというのはなんと心強いのか。

近くのコインパーキングに停めてあったポルシェに押し込まれた。爆音を響かせて発進する。

「河合さん、車の免許は持ってるの？」

「ええ、持ってますけど」

「じゃあ、フェラーリ買おうか。株長者の定番カー」

「そんな、いきなり。買うとしても、ホンダのステップワゴンで充分です」

「だめだめ。そんなんじゃ治療にならないよ」

「あのさあ、河合ちゃん。ステップワゴンでいいんじゃない。楽器積めるし」マユミが後部座席から身を乗り出してささやいた。いつの間にか〝河合ちゃん〟になっている。

「いや、ぼくはどちらでも……」

「二台買えばいいじゃん」と伊良部。

「あ、そうか」

二人だけで納得していた。

連れて行かれた先は、六本木ガーデンだった。まさかと訝《いぶか》っていると、車は時の長者が多く住むことで知られるレジデンス棟の地下駐車場に入っていった。

身なりのいい紳士が出迎える。「伊良部様。いつもお世話になっています」深々と頭を下げた。

「ご希望のペントハウスはさすがに満室ですが、幸いなことに、二十五階に空いたばかりの物件がございます。百四十平米の２ＬＤＫで、東京タワーが眺望できます」

「うん。いいんじゃない。案内してよ」

ええと……ここに住むの？　自分が？　保彦は口が利けないまま、伊良部たちについてエレベーターに乗った。ガラス張りの窓から東京のビル群が次々と姿を現す。するすると上昇する目線に現実感がなかった。お城へ連れて行かれたシンデレラの心境だ。

ホテルのような落ち着いた照明の廊下を歩き、部屋に入ると、これまで雑誌やテレビでしか見たことのない空間が広がっていた。ここ何畳？　そう聞きそうになって言葉を呑み込む。

窓からは東京タワーが一望できた。すでにライトが灯され、夕空をバックにオレンジ色に輝いている。伊良部が家賃を訊ね、男が「百五十万円でございます」と答えた。

百五十万円か。でも保彦に驚きはなかった。自分はこの家賃を余裕で払える。一年で千八百万円。十年でも一億八千万円。まったく問題はない。

どこか地に足の着いていない感じのまま、保彦は「いいんじゃないですかね」と答えていた。もっとも、自分なんかに貸してもらえるのだろうか。

「保証人は伊良部様ということでよろしいでしょうか」男が揉み手をして言った。

「うん、いいよ。この人、ぼくの友だちだから」

伊良部を見た。鼻の穴を広げて笑う。なんて温かい人間なのか。保彦は感激した。親には、引っ越し先はワンルームマンションだとうそをつけばいい。

その場で契約書にサインをして、呆気ないほど簡単に鍵が手渡された。保証金は家賃半年分の九百万円だ。

「とりあえずパソコンだけでも運び入れようか。業者に頼めば今夜中にやってくれるよ。それから家具選びはインテリアコーディネーターを雇うといいよ。河合さん、どうせ忙しいんでしょ」

「先生、すいません。何から何まで」人の情に触れ、目頭が熱くなった。

「ほら、往診一回十万円だから。ぐふふ」伊良部が不気味に笑う。

「十五万円」横からマユミが訂正を入れた。

その足で麻布の並行輸入の外車ディーラーに行った。ここでも伊良部はＶＩＰ扱いで、支配人が内股走りで駆けてきた。

「伊良部様。お電話で問い合わせていただいたフェラーリは、早くても二週間はお待ちいただかないと……」

「じゃあ、ランボルギーニでもマクラーレンでもいいんだけどね」

「先生。あんまり過激なやつは……」保彦は伊良部の袖を引っ張った。

「意気地がないなあ。億万長者はもっと堂々としてなきゃ」

「それにしたって、ぼく、ペーパードライバーだし……」

マユミに背中をつつかれた。

「いいの。金持ちはお金を遣う義務があるの。でないと下々に回らないでしょう」

不思議な説得力があった。

支配人が用意したのは、ベンツのナントカAMGというシルバーのクーペだった。鮫《さめ》を連想させるむちゃくちゃ戦闘的な外観である。自分が赤帽の運転手なら絶対に近寄りたくない。値段を聞くと、三千万円であった。田舎の父は、十年前のプリウスを大事にして乗っている。

「いいよね、これで」伊良部に促され、「はあ」とうなずいていた。操られるように判を押し、車検証とキーを手渡された。心の準備が出来ていないので、今日のところは預かってもらうことにした。

「次はマーシャルのアンプね」

最後は、マユミの案内で御茶ノ水の楽器店に行き、ヴィンテージ物のアンプを勧められた。

どうやらマユミはロックバンドをやっているらしい。

「あのう。ぼく、これ、あってもしょうがないんですけど」保彦は困惑した。

「あんたはね、今日からブラック・ヴァンパイアのメンバーなのよ」射るような目で言われた。

「何ですかそれは。だいいちぼく、楽器なんて弾けませんよ」

「当面はこれでもやってなさい」タンバリンを首にかけられた。

仕方なく三十数万円でアンプを購入する。なぜか届け先はマユミの自宅だった。

「だって、河合ちゃん、これだけあってもしょうがないでしょう。しばらく貸してね」

とってつけたように甘い声を出し、顎を撫でられた。

今日はいったいいくら遣ったのか？　人生でいちばんの散財をしたことは間違いない。

「さてと、アラカワでしゃぶしゃぶでも食べようか」

「さんせーい」

二人に引っ張られ、車に乗った。街のネオンが、透き通った冬の空気に光り輝いている。色とりどりのライトは、見る者を無性に人恋しくさせた。街を行くカップルに目がいく。みんな楽しげだ。

恋人が欲しいな。保彦は思った。会社を辞めて以来、出逢いはまったくない。

もっとも今の自分を好きになる女はいないだろう。いたとしたら、財産目当てだ。ひきこもりのデイトレーダーなど、社会的地位はゼロに等しい。自分なら尊敬はしない。

楽しいのか、楽しくないのか、よくわからなかった。ただ、昨日までの毎日よりましだとは思っていた。変な医者と看護師にせよ、話し相手がいる。声を発するのが、もう苦しくなくなった。

六本木ガーデンでの新生活は、保彦に少しばかりの自信をもたらした。受付の美人コンシェルジュに「いってらっしゃいませ」と微笑まれるだけで、自分が偉くなったような気がする。エリア内のインテリアショップで椅子と机を買ったときは、「レジデンス棟に届けて」と告げただけで店員の態度が一変し、羨望の目を向けられた。

市場が閉じると、ベンツのＡＭＧに乗って港区内を走ってみた。道行く人が振り返り、ほかの車が係わり合いを避けるように道を譲った。なんだか王様にでもなったような気分だった。

部屋からの眺めは最高だ。眼下のマンション群の明かりを眺めていると、マユミが言った〝下々〟という言葉が浮かんでくる。

もっとも現実感となると相変わらず希薄だった。現代日本の富の象徴ともいえる六本木ガーデンに暮らす自分が、どうにも信じられないのである。これが青色発光ダイオードの発明者であるとか、プロ野球のスター選手であるとかなら話はわかる。けれど自分はパソコン上の株取引で大金を得たに過ぎない。ここにいるべき人間だとは到底思えない。

伊良部にそれとなく気持ちを伝えると、「何を言ってるのよ。儲けた者が勝ちじゃん」と取り合ってくれなかった。連日押しかけ、出張料理に舌鼓を打っている。マユミにはステージ衣装まで作らされた。鋲《びょう》付きのリストバンド五人分などという請求書が回ってくる始末だ。

一方、デイトレーディングのほうは緊張が増した。家賃百五十万円というランニングコストが生じたせいだ。車の保険代も馬鹿にならない。これまでは得点感覚だったプラスやマイナスが、一気に実体を伴って迫ってきた。だから売買が終わるとどっと疲れた。空いた時間はすべて情報収集に当てられ、床につくときは気絶するように眠った。

そんな中、保彦はかつての同僚に連絡を取ってみようと思いついた。この暮らしぶりを、知り合いに見せつけたかったのである。無人の球場でホームランを放っても、誰も見ていなければ打ったことにはならない。

どういう理由をつけようか思案し、「株をやっているのだが、生保業界の動向を教えてくれないか」と会社に電話をかけた。相手は、同期の中でいちばん目立っていた男だ。

「何言ってんだ、おまえ。なんでおれが……」元同僚は迷惑そうだった。仲がよかったわけではないので無理もない。

「謝礼はするよ。五万で来てくれない？」

「五万？」元同僚はしばし黙ったあと、「ほんとだな」と凄《すご》むように念を押した。ただし住所を教え、六本木ガーデンだと言うと口調が変わった。「マジかよ……」電話の向こうで言葉を失っていた。

これですぐに職場で噂になるだろうと思った。二年前に辞めた河合君って、今株をやってて六本木ガーデンに住んでるんだって——。ＯＬたちの間に広まってくれればもっとうれしい。ついでに見物に来てくれないものか。

元同僚は会社帰りに一人でやって来た。部屋に入るなり「すげえ」とため息をつき、目を丸くした。

「腹減ってないか。寿司でも取ろうか？」

「奢ってくれるのか」

「もちろん。いつもは板前に出張してもらってるけど、今日は出前でいいよな」

「そりゃあ、何だっていいけど……」

元同僚は、窓に映る東京の夜景に圧倒されている。保彦がソファを勧めると、表面の革を撫で、「これ、いくらしたんだ」と聞いた。

「さあ。インテリアコーディネーターに頼んだから、ひとつひとつはわからないんだ」

「ふうん」体重をかけてクッションを調べている。「世の中、わからねえもんだな。あの河合が、今や株長者か。で、いくら儲けたんだ？」露骨に質問された。

「うん？　まあ、ここに住めるぐらいにはね」

「もったいつけるな。自慢したくて呼んだんだろう」

元同僚が大きな声で見透かしたように言った。運動部出身で、上役には元気のいい好漢と覚えめでたかった人物だ。

「……十億くらいかな」保彦が苦笑して答える。

元同僚は「ひゅー」と口笛を吹いた。

「いるんだな、実際。おれはニュースの中だけかと思ってたよ」ソファにもたれ、テーブルに足を載せた。「こっちはやっと年収七百万よ。それでも業界じゃトップクラスだ。一生働いて、生涯賃金が三億か四億。おまえ、下界を歩いている人間なんて虫けらに見えるだろう」

「そんなことはないさ。こっちだって神経すり減らしてやってるんだ。損するときは一気に沈むしな」

「おれたちの年収ぐらいを一度に動かしてるのか」

「いや、もっとかな」

「ふん」元同僚が鼻を鳴らし、薄い笑みを向けてきた。

保彦は、思った反応が得られず内心うろたえた。心の中では、もっと羨《うらや》んでくれることを期待していた。

寿司が届き、二人で食べた。「こんな大トロ、初めてだぜ」元同僚は皮肉を言うように大袈《おおげ》裟《さ》に驚いた。

「ちなみにいくらするんだよ」

「一応、一人前二万円で握ってくれとは頼んだけど」

「はは、二万か。それが一月の食費って人だっているぞ」いちいち絡《から》んできた。

食事のあとは、形ばかりのレクチャーを受けた。元々が理由付けに過ぎないので、会話は弾まず、十分で終わった。デイトレーディングの仕組みを聞いてきたので、保彦は簡単に教えてやった。「するとおまえ、一日一人で家の中か」と軽んじるようなことを言った。

謝礼の入った封筒を手渡す。元同僚はふっと息を吹きかけて中をのぞき、「じゃ、遠慮なく」

と上着の内ポケットにしまった。不機嫌そうな顔だった。

「悪かったな。わざわざ来てもらって」保彦が言った。

「いいや。六本木ガーデンに入れてよかったよ。話のネタにはなる」

「みんな、元気か」

「みんなって誰だ」

「同期の連中だよ。武田とか、佐藤とか」

「ああ、元気だよ。でも、おまえ、同期なんて意識はあるのか」

「そりゃあ少しはね。たった二年間だったけど、憶えてはいるさ」

「きっと連中は憶えてないぞ。おれだって電話がかかってきたとき、思い出すのに時間がかかった」

「そうか。そうだろうな」目を伏せて苦笑した。

「おまえ、友だちはいるのか」

「いるさ」むきになって即答した。ただし、頭に浮かぶのは伊良部とマユミだけだ。

「普通のやつか」

「ああ、普通のやつさ」頭の中の映像で、伊良部とマユミがアップになった。

「ふうん。よくいるな、そんなやつ。おれなら絶対に付き合えないな。人の年収分の金をクリックひとつで動かすようなやつと、どうして一緒に遊べる」

「遊ぶことぐらい——」

「これは負け惜しみじゃないぞ」元同僚が言葉を遮った。「おまえ、生活を変えろ。デイトレーダーなんか辞めて、何か仕事に就け。でないと一生孤独だぞ」

「ひでえこと言うな」

「会社にいた頃、おまえはおれが嫌いだっただろう。そのおれを呼ぶくらい孤独なんだよ」

「そんな、無茶苦茶な……」保彦は顔をしかめた。

「おれな、本社に戻っても、営業所時代に付き合ったお客さんと年賀状の遣り取りしてるんだよ。それでな、今度孫が出来ましたとか、家を新築しましたとか、そういう近況をお客さんが知らせてくれるわけ。青臭いなんて言うなよ。そういうの、おれは生保マンとしてすごくうれしいわけ。純粋に人の人生設計の役に立ちたいと思うわけ」

「何の話だ」

「聞けよ。人間って、誰かから必要とされて初めて頑張れるものだろう。いくら金があったって、遣い道が贅沢することだけって、淋しすぎやしないか」

「そんなの、おまえには関係ないだろう」さすがに憤慨した。

「ああ、そうだな。おれには関係ない」

元同僚が立ち上がった。「帰るわ」と言って玄関へ歩く。立ち止まり、振り返った。

「すまんな。不愉快にさせて。なんか、同い年のやつがこういう生活をしてるのかと思ったら、無性に絡みたくなった。おれの悪い癖だ。ラグビー部時代の体質が染み付いててな、汗をかこうとしない人間がどうしても好きになれない」

首を左右に振り、ネクタイを締め直す。「これ、返すわ」内ポケットから封筒を取り出し、床に落とした。「寿司だけで充分。こっちもいい勉強になった」

「そんな……受け取ってくれよ」

「いやだ。やせ我慢するのも、おれの癖だ」

目の前でドアを閉められた。

ゆっくりと血の気が引いていき、部屋の気温が下がったような錯覚を覚えた。ソファに身を沈め、奇妙な空虚感を味わっていた。そしてじわじわと惨《みじ》めさがこみ上げた。

羨ましがらせるつもりが、憐《あわ》れまれてしまった。一目置かせるつもりが、軽蔑されてしまった。しばらくは落ち込むのだろうなと、やけに客観的に思う自分がここにいる。

保彦は宇宙に置いてけぼりをくらったような気持ちだった。

4

デイトレーディングに集中できなくなった。元同僚のひとことは想像以上にこたえた。いったい自分は何のために株の売買をしているのか。何のために金儲けをしているのか。そして何のために生きているのか。これまで避けてきた考えが次々と頭に浮かび、心に波風を立たせる。

おかげでポカが多くなった。損切りのタイミングを誤って一億円の損失を出し、挽回しようとリバウンドを狙った銘柄がさらに急落し、数千万円をパーにした。分母が大きい分、動く金も大きい。かつては百万円の元金で二十万、三十万と上下していたものが、十億あるせいで、二億、三億と変動してしまうのだ。

保彦は体調まで崩してしまった。食欲はなく、いつもおなかがゴロゴロと鳴っている。夜も眠れない。

「河合さん、儲かってるわけ?」

伊良部がケータリングサービスのローストビーフを頰張って言った。相変わらず往診という名目で毎日押しかけては、高級料理の出前を取っている。

「だめです。絶不調。今も三百万損しました」泣きたい気持ちで訴えた。

「ねえ、河合ちゃん。下北のライヴハウスがビルの老朽化で立ち退きを命じられてるんだけど、ビルごと買ってくれない? 三億だって。安いわよ」

マユミが横から頰をつねった。

「それどころじゃありません。どんどん目減りしてるんですよ」

「いくら損したわけ?」と伊良部。

「ここ数日で二億円ほど」

二人が黙った。眉をひそめ、わかるわけもないのにパソコンの画面をのぞき込む。

「あのさあ、不調のときはしばらく休んだら?」と伊良部。

「だめ。挽回してビルを買い取って」とマユミ。

いずれにせよ引くに引けない状態だった。相場は荒れ模様で、チャンスと罠があちこちに仕掛けられている。地雷原に足を踏み入れたようなものだ。立ち止まったとしても、そこはスタート地点ではない。

買った株が上昇を止めたとき、トイレに行きたくなった。下痢腹なので我慢が利かない。立ち上がり、スマホを探した。トイレの中で操作するしかない。しかし机の上は散らかり放題で、なかなか見つからない。

「どうしたの、青い顔して。何を探してるの」

「スマホです。ちょっとトイレに……」

「じゃあ、ぼくのを貸してあげる」

「そんなんじゃだめなんですっ」

ええい、ナムサン。下がらないことを祈り、保彦はトイレに駆け込んだ。せっかくの高級料理が直結で排泄される。大急ぎで戻ると、伊良部が机に向かい、マウスを手にしていた。大きな背中が目に飛び込む。

「先生。何をしているんですか」

「知り合いの会社があったから、ちょっと買ってみちゃった」伊良部がしれっと言う。

「わかるんですか?」

「『門前の小僧、習わぬ経を読む』って言うじゃん。操作は覚えちゃったもんね。ぐふふ」

「そうじゃなくて、銘柄のことですよ」

怒鳴りつけて、数字を見ると、医療機器メーカーの四百十七万円の株を十株買っていた。

「そんな怒らなくたって……。たった十株なのに」伊良部が口をすぼめている。

「一株が四百万円以上でしょう。なんてことを……」

保彦は頭を抱え、一万円下がっただけで即座に売った。「十万円の損ですからね。あとで請求しますよ」尖った言葉を投げつけた。

それより、トイレに行く前に買った株だ。「うわーっ」ボードを見て声を上げた。急落している。三百四十円で十万株買ったものが、三百十五円になっている。トイレ一回で二百五十万円が吹っ飛ぶ勘定だ。マウスを握り、ぎょっとして手を離す。脂でべとべとだったのだ。

「先生、ローストビーフを手づかみで食べた手で――」

目を吊り上げて抗議した。

「ごめん、ごめん」伊良部がマウスを取り上げ、白衣の裾で拭いた。画面上の矢印がネズミのように動き、何かの拍子でクリックしてしまう。画面が切り替わった。

「何をしてるんですかっ」声を荒らげ、マウスを奪い取った。ワイヤレスのそれは、二人の手をこぼれ、宙に舞う。落ちた先は床の大理石部分で、プラスチックのボディが乾いた音を立てて割れた。

「ええい。どけっ。そっちでやる」

伊良部を押しのけ、別のパソコンに向かった。焦りで手が震え、うまく操作できない。その間にもどんどんと株価は下落した。

やっとのことで、二百九十五円ですべて売る。四百五十万円の損だ。「うわーっ」また声を上げていた。

「ねえ、さっきの医療機器メーカー、上がってるよ」と伊良部。

目を凝らすと、確かに当初の下げは見せかけで、その後どんどん上昇に転じていた。

「この会社、ドイツのメーカーと技術提携したんだよね。今日記者発表かな」

「先に言ってくださいっ」

「そんな、興奮しないでよ」叱られた子供のように唇をむいている。

医療機器メーカーの株は、四百四十万円でストップ高となった。

「あーあ。二百三十万円、儲け損ねた。河合さん、弁償してよね」

「誰がですか！」頭に血が昇り、眩暈《めまい》がした。

後場が終わり、保彦はよろよろと歩き、ソファに突っ伏した。遭難した船から岸まで泳ぎ着いたような疲労感である。

もういやだと思った。こんな毎日、少しも楽しくない。仮に明日からのトレーディングで取り返したとしても、それがどうしたというのだ。誰も褒《ほ》めてはくれないし、世界が広がるわけでもない。儲けても、損をしても、この生活だ。数字に神経をすり減らし、心が安らぐことはない。

「ねえ、どうしたの？　今日はホームシアターを選びにいくよ」と伊良部。

「行きたくない」

「わがまま言うんじゃないの。ついでに若松孝二のＤＶＤボックスセットも買うことになってんだから」マユミがパンプスの底で保彦の尻を踏んだ。

「ぼく……もうやめたい」ぽろりと口をついて出た。

「今、いくらあるわけ？」伊良部が聞く。

「七億円を少し切るくらい」

「……まあ、やめるのは自由だけど、やめて何をするのよ」

「普通の仕事をしたい。会社員になって職場でみんなと働きたい」

「無理だね」伊良部が自信たっぷりに断言した。「就職したって、手取り二十万かそこらだよ。耐えられないね。上司に一回叱られただけで辞表出しちゃうよ。だってパソコン一台で大金を稼ぐ術を知っちゃったんだもん。それに、七億円も持ってる社員と同僚が普通に付き合うと思う？　妬まれて、たかられて、仲間外れにされるのがオチだよ。人間はね、同じ境遇同士で群れる生き物なの。河合さんの仲間は、どこに生息してるか知れない〝うっかり億万長者〟だけ」

患者に向かってなんてひどいことを……。でも反論できない。

「仕事が金のためである限り、株は勤労意欲を奪うね。始めたら最後、一文無しになるまでやめられない。賭けてもいいけど、利益を確保して株から足を洗ったとしたら、河合さん、必ず舞い戻るね。痛い目に遭わないと、人はわからない」

この医者、行動は常軌を逸しているくせに、言葉は痛いところを突いてくる。

「どうすればいいんですか」保彦は顔を上げて聞いた。

「やめるのなら、遣い切る。一円たりとも残さない」

そうか。それしか道はないのか……。

「だからさあ、クルーザー、買おうよ。この前カタログ渡したでしょ？」途端に甘える口調になった。「葉山マリーナに係留してさ。休日には相模湾クルージング」

「ぼく、船舶免許なんか持ってません」

「チ、チ、チ」伊良部が外国人みたいに人差し指を立てて振った。「ぼくが持ってるから大丈夫。それにうちは葉山に別荘があるから、代わりに管理してあげる」

「それって、自分が乗りたいだけでしょう」

「治療だって。何度も言ってるじゃん」そう言って、妖怪のように笑う。

ますます力が抜けた。何もする気が起こらない。

「ねえ、河合ちゃん」マユミが背中に乗っかってきた。「クルーザーより先にビルね」耳元でささやく。

金の遣い道がある二人が羨ましかった。きっと金を遣うにも才能とエネルギーがいるのだろう。自分にはそれすらない。ベンツのＡＭＧは、早くも埃《ほこり》をかぶっている。

気の迷いが生じたせいで、トレーディングはますます変調をきたした。もはやスランプという段階ではない。プロがアマに転落したような負けっぷりである。

桁をひとつ間違え、数千万の損を出す。買ったことを忘れ、放置して儲けを逃す。予習をさぼり、優良銘柄を素通りする。日経新聞を読んでも、情報が頭に入ってこなかった。株取引がこれほどメンタルに左右されるものだとは思わなかった。集中力の欠如は、即数字となって返ってくる。

大きく負けたときは凶暴な気分になり、無理な買い注文でさらに損を拡大した。やけになるとはこういうことかと、他人事のように思った。やってはいけないことを、自分は次々とやっている。

このままだと全財産を失うな――。保彦はボードを眺めながら予感した。ブレーキが利かない。まるで自殺志願者だ。

そうか、これは自殺行為なのか。心のどこかに、デイトレーダーとしての自分を終わらせようとする思いがある。改めないのはそのせいだ。半分は、落ちていく自分をせせら笑っている。

市場が閉じると激しい自己嫌悪に襲われた。若いみそらで、なんと無為な時間を過ごしているのか。億の金があっても、誰も自分を相手にしてくれない。セールス以外の電話は一本もかかってこない。パーティーの招待状も来ない。クリスマスの予定もない。だいいち友だちがいない。

孤独に耐えられなくなって、夜、伊良部に電話をした。

「先生。どんどん目減りしてます。このペースだと、一月かそこらで無一文になると思います」

「何やってんの。早くクルーザー買いなよ」受話器の向こうで伊良部が焦っていた。

「そんなの、ぼくは欲しくありません。それより、友だちが欲しい」

「いるじゃん。ぼくとマユミちゃんが」

「先生、ぼくが文無しになっても一緒に遊んでくれますか？」

「……当たり前じゃん」間があった。

「うそだ。先生も金目当てなんだ」

「あのね、河合さんは今、情緒不安定なの。少し休んで、再チャレンジしてごらん。また勝てるようになるから」

「勝ってどうするんですか」

「クルーザーと小型ジェット機を買う」

「いりませんっ」

ダムが決壊したように、感情が一気に溢れ出た。そうだ。自分は金などいらない。億万長者の器ではない。普通の暮らしがしたいのだ。

「先生。確か先生のおかあさんはユニセフの関係者でしたよね」ふと思い出して言った。

「うん。名誉理事とかいうのをやってるけど」

「全額寄付します」考えるより先に口をついて出た。

「うそー！」伊良部が素《す》っ頓狂《とんきょう》な声を上げた。

「本気です。このままゼロになっても未練はないけど、それだとぼくの二年間はなんだったのかという話になります。少しは人の役に立ちたい。何かを形として残したい」

「河合さん。これからポルシェをかっ飛ばして行くから、とにかく部屋で待ってて」

電話が切れた。保彦は全身に震えを覚え、床に転がった。冷たい汗が出た。呼吸も苦しい。頭をかきむしり、手を見ると、毛がいっぱい絡んでいた。

気が遠のきそうになる。誰かに抱きしめて欲しかった。今の自分は、まるで一人寝を怖がる子供のようだ。

伊良部は二十分でやって来た。マユミも一緒だ。駆けつけてくれる人がいることに保彦は感動し、おのれの弱さを再確認した。やはり自分は一人では生きていけない。

「あんたねえ、気は確か?」

革ジャン姿のマユミがテーブルに片足を載せ、スケ番のように凄んで言った。

「うん、確か。寄付する」保彦がソファに座ったまま答える。

「あのさあ、河合さん。考え直したほうがいいんじゃない。まだ五億円かそこらはあるんでしょ?」

伊良部は猫撫で声を出した。カシミアの赤いセーターに正ちゃん帽という出で立ちで、サンタかと見紛う。

「もういらないんです。株はやめます」

「じゃあ、下北のビルを買ってやめなさいよ」

「いやだ。潔く二年前の自分に戻りたい」

「あんた、甘えてんじゃないよ」

マユミに往復ビンタを張られた。いい音が響く。

「まあまあ、話せばわかるから」伊良部が止めに入った。「いい？　河合さん。ゼロに戻ったとしても、十億あったという事実は消えないよ。この先、結婚して子供が出来て、家を買うとするじゃない。そのとき、後悔するよ。ああ、あのときの金があったらって」

「ううん。後悔しない」保彦はかぶりを振った。

「絶対するって。人間は気が変わる生き物なんだから。一週間考えようよ」

「気は変わらない。決めた」

「あんた、目を覚ましなさい」

またマユミにビンタを張られた。全然痛くなかった。むしろ気持ちがいいほどだ。

「目が覚めたから言ってるんですよ。ははは」突然高揚感が生じ、保彦は声を上げて笑った。

「こりゃあ重症だね。完全にイッちゃってるよ」

伊良部が肩をすくめ、マユミに目配せした。（やる？）マユミが口の形で言い、黒革のウエストポーチから注射器を取り出した。

「な、な、なんの注射ですか」保彦は床に転げ落ち、尻餅をついたまま後退《あとずさ》りした。

「ただの鎮静剤。これを打ってうちの病院に行こう。しばらく入院しようね」

「いやだ。閉鎖病棟に入れてマインドコントロールする気だ」

「そんなわけないいじゃん。友だちなのにィ」

伊良部がわざとらしく微笑み、手を伸ばした。保彦がそれを撥ね除ける。

「あら？　反抗的なクランケだなー」

「先生。こういうのは一発ガツーンとやらないとだめですよ」

マユミが注射器を手に、鶏を追い詰めるように近づいてきた。伊良部も中腰の姿勢でじりじりと寄ってくる。後退した。背中に壁が当たった。

「ほーら、逃げられないよ」伊良部が笑う。

保彦は起き上がり、中央突破を試みた。前屈みにダッシュする。マユミが電光石火の早業で足を引っかけ、保彦は毛足の長いラグの上に転倒した。顔面を痛打する。うめく間もなく、背中に伊良部がのしかかった。「捕まえた。おとなしく打たれなさい」鬼ごっこのような調子で言った。

ズボンにマユミの手がかかる。保彦は必死に暴れた。自分でも信じられない力が出て、百キロはありそうな伊良部を振り落とした。立ち上がった。「うわーっ」大声を上げて玄関に走った。

「待てーっ」伊良部とマユミが追いかけてきた。その姿がゾンビに見えた。

捕まってたまるか――。ドアを開けて廊下を走った。「助けてくれーっ」保彦は叫んだ。

「泥棒。痴漢。拉致。監禁。人殺し」

何事かとフロアの住人が顔を出した。

「た、た、助けて。警察。自衛隊。消防署」

「すいません。あの人、馬鹿なんです」うしろでマユミが弁解していた。

エレベーターフロアに着いた。下りのボタンを押すが、すぐには来そうにない。赤い非常べルが目に留まった。保彦はそれを押した。けたたましい音がフロア全体に響き渡る。

今度は一斉に住人が出てきた。見回りの警備員が駆けてきた。

「何があったんですか!」

「あ、あ、あのですね……」舌がもつれた。顔がひきつる。汗が噴き出た。その場で地団太を踏む。

伊良部とマユミが追ってきた。「わたしは医者です。この患者を押さえてください」伊良部が真面目くさって言った。この役者が――。

真に受けた警備員が保彦を羽交い絞めにした。それはそうだ。この中でいちばん変なのは自分だ。でも……。離せ。離してくれ――。

無理矢理腕をまくられた。マユミが乱暴に注射器を突き立てた。「あんた馬鹿じゃないの。ほんと、億万長者に向かないね」耳元で吐き捨てた。

すうっと体の力が抜ける。全身の筋肉がほぐれていく感覚があり、保彦はその場に崩れ落ちた。何本もの足が目に入る。

霞がかかるように、意識が薄れていった。不思議と温かい思いがあった。自分は、一人じゃない――。

「感謝状。河合保彦殿。貴兄は、このたび当協会に多額の寄付をお寄せくださいました。よってその慈愛の精神に満ちた献身的行動に対し、深甚なる敬意と感謝の意を表し、ここに記念メダルならびに感謝状を贈ります。令和四年十二月二十五日　公益財団法人日本ユニセフ協会会長××××」

会議室に拍手が湧き起こった。フラッシュが焚かれ、カメラのシャッター音が鳴り響く。保彦は一張羅のスーツを着込み、緊張した足取りで前に歩み出た。賞状を受け取り、メダルを首にかけられる。表彰されたのは生まれて初めてだ。誇らしいような、恥ずかしいような。お尻の辺りがむずむずする。関係者と握手を交わした。

「河合さん。あなたのような素晴らしい人と巡り会えて本当にしあわせ。一郎とは今後もヨロシクね」

広いつばの帽子を被った婦人が上品に微笑んで言った。伊良部の母親だ。本当に育ちがいいのだろう。人の目を見てゆっくりと話す。白髪も自然に似合っていた。

伊良部とマユミも列席していた。犬のウンチでも踏んだような仏頂面だ。

結局、株で儲けた全財産を寄付した。迷いはなかった。この金がある限り自分は自由になれない気がしたし、友だちもできないと思った。口座を解約し、買ったものを処分したときは、心に風が吹くような爽快感があった。身も心も一気に軽くなった。知らず知らずのうちに街をスキップしていた。

もちろん、ユニセフには大いに驚かれた。個人でこれほどの高額な寄付は前例がなく、詳しい事情を訊ねられた。保彦は正直に答えた。そして匿名を条件とした。こんなことで有名になりたくなかった。マスコミの取材は許可したが、顔を写さないという約束だ。世間の人たちは、表向きは賞賛しても、内心は馬鹿だと思うだろう。変なやつだと好奇の目を向けられるに決まっている。

「もう疲れました」と、保彦は記者の代表質問に答えた。「このゲームに達成感はありません。ゴールがないんです」

その場はそれで済んだが、「うちで手記を書け」とマスコミ各社に追いかけられることとなった。今でも週刊文春の記者が自宅前で待ち伏せている。

案の定、公表するやいなや全国規模のニュースとなった。したり顔のコメンテーターが「今時の若者も捨てたものではありません」と目を細め、精神科医が「彼は苦しかったんでしょうね」とありきたりな分析をしていた。

保彦はどうだってよかった。今、気持ちが軽いことが、自分にとってはいちばん重要だ。

伊良部が言うとおり、この先後悔することがあるかもしれない。人に打ち明ければ、目を丸くされることだろう。それがどうしたというのだ。人には器がある。自分の器で生きていくのが、しあわせというものではないか。

みんなで記念撮影をすることになった。伊良部とマユミがうしろに立った。

「信じられないよ。全額寄付だって」伊良部がぶつぶつ言っている。

「こんな馬鹿、見たことないね」マユミが深くため息をついた。

はいチーズ――。保彦は胸を張り、口の両端を持ち上げた。頬が自然と緩み、目尻が下がった。心から笑ったのは、実に二年振りのことだった。

ピアノ・レッスン

1

新幹線で大阪に移動中、なにやら得体の知れない不安に襲われたのは、武蔵小杉のタワーマンション群が見えてきたあたりのことだった。東京発のぞみに乗車し、品川で停車し、次の停車駅、新横浜へと向かう。新横浜を過ぎると、次は名古屋までおよそ一時間二十分、列車が停まることはない。つまり外には出られないのである。そう思った途端、喉《のど》がごくりと鳴り、体が震えたのだ。

藤原友香《ふじわらともか》は二十七歳のピアニストで、一年間に百回はステージに立っている。そのうちの約七割は地方公演だ。だから新幹線に乗ることも飛行機に乗ることも日常のルーティーンで、特別なことではない。ただ、先月から予兆めいたものがあり、長時間の乗車に緊張を覚えるようになっていた。グリーン車のシートに座っているだけのことの何が不安なのかと問われると、説明がつかないのだが、じっとしているのがつらく、脂汗《あぶらあせ》を流して耐えていたのだ。

オルゴールを模した音楽に導かれ、車内アナウンスが流れる。

《今日も新幹線をご利用くださいまして、ありがとうございます。まもなく新横浜です。新横浜を出ますと、次は名古屋に停まります》

「わたし、降りる」

友香は思わず立ち上がり、声を発した。

「えっ、どうしたんですか？」

隣の席でマネージャーの宮里《みやざと》が何事かと見上げる。

「宮里君、先に行ってて。わたし、あとで追いかけるから」

「忘れ物ですか？」

「そうじゃなくて……」

「じゃあ、何ですか？」

新人マネージャーの宮里が慌てている。素直なのはいいが、まだ学生気分が抜けないのか気が利かず、時間にルーズで、いつもイライラさせられる男だ。

「とにかく、降りる」

「あのう、演奏会は今夜なんですけど」

「わかってる。大丈夫。まだお昼前じゃない」

その間にも列車は速度を落とし、新横浜駅に近づいて行く。急がなくては。友香は動悸《どうき》がした。息も苦しい。

友香が棚からキャリーケースを下ろし、降りる支度をすると、ただならぬ様子を察したのか、宮里も「じゃあ、ぼくも降ります」と言った。

「ぼくだけ行ってもしょうがないですから」

友香は返事をするのももどかしく、通路を歩いた。列車がホームに入る。その間にも体が震えた。停車してドアが開くと、友香はつんのめるようにしてホームに降りた。よろよろと歩き、ベンチに腰を下ろす。背もたれに体を預けたら、やっと深く息が吸えた。はしたないと思いつつ両足を投げ出す。全身にはびっしょりと汗をかいていた。

「藤原さん、気分が悪いんですか？　病院に行きますか？」宮里が心配顔で聞いた。

「ううん。大丈夫」友香がかぶりを振る。

「でも藤原さん、顔色が悪いです。過労なんじゃないですか。そう言えば先週も新幹線で移動中、青い顔してましたよね。ここのところずっと休みがなかったし。なんなら社長に電話して、公演のキャンセルを打診しましょうか」

「だめよ。あの社長がそんなの許すわけがない」

友香が言った。所属事務所の社長は、アーティストの面倒見はいいが仕事に厳しいことで有名だった。

「でも体調不良だと演奏の方も……」

「だから大丈夫。ちょっと車内にいると気分が悪くなるだけ、ステージにはちゃんと立てる」

「乗り物酔いってことですか？　初めて聞きましたが」

「うまく説明できない。とにかく車内にいるのがいやなの」

「じゃあ、どうすれば……」

「こだまで行く」

「こだま？　各駅停車のこだまですか？」宮里がきょとんとしている。

「そう。それなら大丈夫な気がする」

友香が訴えると、宮里はしばらく黙り込み、「わかりました。時間はかかりますが、夕方には着くから間に合います」と言った。

気分が落ち着いたところで、やって来たこだまの自由席に乗り込んだ。指定席とグリーン車の料金分を捨てることになるが、非常時だから仕方がない。スマートフォンで東海道新幹線の時刻表を見たら、次の小田原まで十五分間の乗車だった。小田原から次の熱海まではわずか八分間である。やれやれ。友香はここで初めて緊張が解けた。この程度の時間なら座席でじっとしていられる。

こだまが新横浜駅を発車する。自由席なので小さな子供がいたりして騒々しいが、不安をかかえたまま乗るよりはましだ。

「藤原さん。明日の帰りはどうしましょうか？　のぞみの指定、買ってありますけど」

宮里が聞いた。

「悪いけどこだまに変更してくれる？」

「わかりました」

宮里が素直に返事をする。ただ、宮里は友香の精神的な不安定さに気づいている様子だった。いつも一緒に行動しているのだから、隠しようがない。ここ数カ月、友香は閉ざされた空間が怖いのである。どうしてこうなったのか皆目見当がつかない。

大阪には午後四時過ぎに到着し、演奏会は無事終えることが出来た。演奏中も普段通りで、気分が悪くなることはなかった。やっぱり閉所が鬼門なのだ。

翌週、音大の先輩ピアニストの演奏会に招かれた。都内の五百人規模の音楽ホールで行われるソロ公演だ。招待を受けたとき、最後列の端の席をリクエストしておいたのだが、受付に用意してあったのは中央の一番いい席だった。

友香はこの時点で憂鬱《ゆううつ》になった。列の中央ということは、途中退席できないということである。もちろん、退席する気などないのだが、二時間その席でじっとしていなければならないのかと思うと、想像するだけで脂汗が出る。

「すいません。一番うしろの端の席をお願いしたんですが」

友香が小声で言う。すると係員から、「藤原様にはよい席をご用意するよう、上から申し付けられております」と爽《さわ》やかな微笑《ほほえ》みと共に返された。どうやら遠慮していると思われたらしい。

仕方なく座席に着く。せめて空いてますようにと祈ったが、開演時間が近づくにつれ客席は埋まり、満員になった。一人で来たので周囲は他人ばかりだ。

定刻通り演奏会はスタートし、先輩ピアニストがステージに登場した。盛大な拍手を浴びた後、演目であるモーツァルトのピアノソナタを奏でる。いつものように素晴らしい演奏で、聴衆はうっとりと耳を傾けている。ただ、友香だけはちがった。おなかが鳴りそうなのである。ここ最近はいつもそうだった。映画館でも、前後左右、他人に囲まれるとおなかがグーグー鳴り出す。だからいつでも退席できるよう端の席を選んで予約していた。

困ったなあ。友香は両手で腹部を押さえ、迫り来るプレッシャーに耐えた。何とか別のことを考えようとするが、意識が向かうのはおなかばかりである。

一曲目は持ちこたえていたが、二曲目のハイドンのピアノソナタに入って五分くらいしたところで「グー」とおなかが鳴った。ああ、とうとう始まった——。

友香は座席で身をよじり、服の擦《こす》れる音でごまかそうとした。しかし、隣の人に一瞥《いちべつ》され、余計に緊張する羽目になった。クラシックの演奏会は静かに聞くことが最大のマナーであるため、ジャズやロックのように体を揺することもできない。

グルル、グルル、キュー。またおなかが鳴る。両隣の客が迷惑そうにしているのが雰囲気で伝わってきた。他人のおなかが鳴る音なんて、誰だって聞きたくない。

友香は歯を食いしばって堪えた。約十八分の曲なのであと十分ほどで終わる。そして拍手の間に退席すると決めた。プログラムでは、三曲目は三十分を超えるムソルグスキーの「展覧会の絵」である。耐えられるはずがない。

ハイドンが終わって観客が拍手をする。友香は立ち上がると中腰の姿勢で退席した。座っている一人一人に「すいません」と謝りながら、狭い座席の間を歩く。この目立つ行為は、当然、ステージ上の先輩ピアニストの目にも留まっているはずだ。「あれは友香？」と気づいたかもしれない。そう思ったら、申し訳ない気持ちが込み上げ、激しい自己嫌悪に陥った。

ホールの扉を開け、転げるようにロビーに出る。主催者のスタッフが怪訝《けげん》そうな視線を友香に向けた。「すいません。気分が悪くなって」友香が自分から申告する。よほど顔色が悪かったのか、スタッフは友香をソファに座らせると、冷えた麦茶を用意してくれた。

友香はそれをひと息で飲み干し、呼吸を整えた。冷や汗でブラウスが背中にくっついている。ここまで顕著な症状は初めてなので、少なからず動揺した。これは疑いようもなく心の病《やまい》である。なんとかしなければ仕事が出来なくなってしまう。友香はたまらなく不安になった。

事務所の社長に相談すると、所属アーティストの一大事と察したようで、すぐに病院を探してくれて、友香は精神科医の診察を受けることになった。クラシック演奏会の後援にいつも名を連ねる伊良部財団というスポンサーがあるのだが、その母体が総合病院で神経科もあるため、問い合わせたところ親切にも紹介状を書いてくれたのである。

駅前の一等地に建つ伊良部総合病院は、大学病院並みの大きさで、エントランスとロビーは一流ホテルと見紛うほどの豪華さだった。さすがは名の知れた病院である。受付で紹介状を見せ、地下一階の神経科に行くよう案内される。表示に従い館内を歩き、地下への階段を降りると、そこは一転して薄暗く、消毒薬の臭いがした。その落差に困惑しつつ、神経科のプレートがかかった部屋のドアをノックする。中から「いらっしゃーい」という甲高い声が聞こえ、中に入ると太った中年の医師が一人掛けのソファに腰かけ、目尻を下げていた。

うわっ、キモ。友香が心の中でつぶやく。ハンサムな独身医師でありますようにと、秘かに願っていたが、世の中そううまくはいかないようである。

椅子を勧められ、着席する。医師の名札を見ると《医学博士・伊良部一郎》と書いてあった。名前からしてこの病院の一族らしい。

「藤原さん、クラシックのピアニストなんだって？　ぼくも子供の頃、バイオリンを習わされてたんだよね。きびしい先生で続かなかったけど」

伊良部がなれなれしく言う。

「そうですか。きびしい先生、いらっしゃいますからね」

友香が答える。この男にバイオリンは似合わないが、御曹司にはよくある習い事だ。

「弓でチャンバラごっこをやったくらいで、目を吊り上げて、一郎ちゃんは出て行きなさいって。お正月の初練習でバイオリンを羽子板にして遊んだときは、二度と来ないようにって破門されちゃった。あはは」

伊良部が腹をさすって笑っている。友香はぎこちなく微笑み、ここは失敗だったかと心の中でつぶやいた。ピアノの先生同様、医者にも当たり外れがある。

「で、今日はどうしたの？　ピアノの鍵盤がバーコードに見えてついスマホをかざしちゃうとか」

「ちがいます」

「じゃあ、ステージに立つと客が馬鹿に見えて罵《のの》りそうになるのを必死にこらえるとか」

「ちがいます」

友香が強い口調で言い返す。

「あ、怒った？　冗談、冗談。ちゃんと聞くから話して」

伊良部が悪びれるでもなく先を促す。友香は気を取り直し、ここ最近、自分に起きている症状を話した。新幹線ののぞみに乗れないこと。演奏会で四方を人に囲まれると客席に座っていられないこと。動悸がして意識が遠のきかけることも説明した。

「なるほど、典型的な広場恐怖症だね。よくある精神疾患」

伊良部が即答する。

「広場恐怖症？　広場って、広い場所って意味ですか？　いえ、別に広い場所は怖くないんですが……」

友香が聞き返した。その病名はピンと来ない。

「いや、ぼくもこの病名はどうかと思うんだけど、語源がギリシャ語のアゴラで、城壁で囲まれた市場を指すらしいのね。だから実質は閉ざされた空間のこと。新幹線ののぞみが怖いのは、一時間以上、そこに閉じ込められるという恐怖心でしょ？」

「そうです、そうです」友香は思わず人差し指を立てて振った。「演奏会場でも、映画館でも同様です。いつでも外に出られる端っこの席なら平気なんですが、四方を人に囲まれた真ん中の席だと途端におなかがグーグー鳴り出して……」

「なるほど。緊張しちゃうわけだ。じゃあ、飛行機だともっと怖いよね。十時間以上のフライトだってあるわけだから」

「そうなんですよ。飛行機は近距離でもだめだと思います。座席を立って歩き回ることも出来ないから、シートベルトを締めた時点でパニックになると思います」

友香は、我が意を得たりと身を乗り出した。

「ちなみにトイレは近い方？」

「いいえ。普通だと思います」

「だけど演奏会場や映画館で両隣を知らない人に挟まれると、急にもよおしてくるとか」

「そうです、そうです。まさにそれです」

友香の中で安堵《あんど》の感情が溢《あふ》れた。わかってくれる人がやっといた。

「じゃあ、時間は守る方？」

「もちろんです。たいてい約束の時間の十分前には到着してます。今日も午後一時の予約だったけど、初めて行く所だし、電車乗り継ぎも不安だったから早めに家を出て、結局三十分も前に着いて、駅周辺を散歩してました」

「なるほど。典型的な不安障害にかかるタイプだなあ」

伊良部がうれしそうに言う。ここは笑うところかと言いたかったが、深刻な顔をされるよりはいいのでスルーした。

「要するに、藤原さんはしなくていい心配までするから、それで自己暗示にかかっちゃうんだよね。おなかが鳴っちゃいけないと思うと、おなかが鳴る。咳《せき》をしちゃいけないと思うと咳が出る」

「まったくその通りです。先生、治りますか？」

友香がすがるように聞く。

「まあ、深刻に考えないことだね。死に至る病じゃないんだから。公演地にたどり着けなくても、たかだか演奏会がキャンセルされるくらいでしょ？」

伊良部が、ボールペンを鼻と上唇に挟んで答えた。何の仕草か意味がわからない。

「先生、一回キャンセルしたらどれだけ損害が出ると思ってるんですか。ファンには迷惑をかけるし……」

「あのね、そういう責任感の強さが心の病の大敵なの。アーティストなんだから、もっと我儘《わがまま》でいいんじゃない？　外国のミュージシャンなんか、ツアー中は我儘し放題だって言うじゃない。そういうの、少しは見習ってまずは遅刻することだね。約束の時間前に着いたら自分にペナルティー。やってみて」

「はあ……」

よくわからないまま生返事した。

「とりあえず注射打とうか。気が弱ってるときはビタミン注射が一番だから。おーい、マユミちゃん」

伊良部が診察室の奥に向かって声をかけると、カーテンがさっと開き、ミニの白衣を着た看護師がワゴンを押して現れた。不機嫌そうにガムを嚙み、注射の準備をする。友香は呆気にとられ、されるがままだった。

注射針が皮膚に刺さる。ふと視線を感じて振り向くと、伊良部が鼻の穴を広げてその様子を凝視していた。ここ、病院よね。心の中で自問する。

「患者さん、ピアニストでしょ。ロックは弾ける？」

注射が終わると、マユミという看護師が気怠《けだる》そうに聞いた。

「ええと、弾いたことないけど……」

「うちのバンド、キーボードが急に辞めちゃってさ。探してんのよね。やらない？」

「ううん。やらない」

友香は即答し、かぶりを振った。文化圏も生息地もちがうと、一目でわかったからだ。

「じゃあ、しばらく通院してね。治療プログラムを組んでおくから」と伊良部。

「はい……」

操られたように返事をしてしまう。異界に迷い込んだような不思議な時間だったが、話をして心が軽くなった感じはあった。そしてやっぱり自分は病気なのだと自覚した。早く治さないと海外にも行けない。

事務所に寄って社長に診察の報告をすると、学生時代から世話になっている社長は、「友香は真面目だからな」と、憂えた表情で言った。

「仕事に穴をあけたことはないし、ファン対応も丁寧だし」

「医者からは、アーティストなんだからもっと我儘でいいって言われました」

「それは困るけど、ほどほどでいいよ。開演時間が十分遅れたって、誰も文句は言わないんだから。ファンだって、全員にサインすることはない」

「ところで社長、我儘なアーティストって、これまでいましたか?」

友香が聞いた。伊良部とのやり取りから興味が湧いたからだ。

「そりゃあ山ほどいたさ。ピアノが気に入らないから弾かないとか、ドレスが間に合わないから今夜はキャンセルするとか……。つい最近だって、公演地に着いた途端、急に今夜は演奏しない、帰るって言い出した外タレのチェリストがいたよ。マネージャーに聞いたら、伴奏のピアニストが自分よりハンサムで気に入らないって——。子供かよって思うが、それがスターなんだな。こっちはなだめるしかない」

「わたしもやろうかしら」と友香。

「おいおい、勘弁してくれよ。友香が人気なのは素直でいい子だからだぞ。その評判を自分から捨ててどうする」

社長がたしなめる。友香は言ってはみたものの、自分にはできないだろうなとため息をついた。この世界には王様と女王様がいっぱいいる。そして自分はそのタイプではない。

2

翌週、都内のホテルでトークとピアノ演奏のティータイム・ショーがあり、友香は出かける準備をした。スマホのグーグルマップでルート検索すると、今の時間帯ではタクシーを使えば二十五分で到着すると出ている。午後三時スタートで、一時間前には楽屋入りして欲しいと言われていたので、午後一時半に家を出れば間に合う計算になる。

さてどうするか。友香は思案した。いつもなら余裕を持って一時過ぎには家を出るところだが、この日は伊良部の言葉を思い出した。まずは遅刻すること——。非常識な進言だが一理あるのも事実だった。こんなとき女王様タイプなら、「一時間も前に楽屋入りですって？」と腹を立て、スケジュールを無視するだろう。仮に遅刻したとしても謝るのはマネージャーで、本人は悠然としている——。

よし、自分もやってみようと、友香は自分に言い聞かせた。これが広場恐怖症の克服とどう関係があるのかわからないが、とにかく心配性の自分を変えたい。

早めの昼食を済ませ、鏡に向かう。衣装は三日も前から決めてあるので、それに合わせてヘアスタイルを整え、念入りにメイクをした。「うん、パーフェクト」そうひとりごち、時計を見ると、十二時半である。一時間も前に支度が終わってしまった。

友香は反省した。これが自分の欠点なのだ。つい時間に余裕をと思い、無駄な待ち時間を作ってしまう。

仕方がないので、テレビをつけ、ニュースショーをぼんやり眺めて時間を潰した。もう一度スマホでマップを確認し、車での所要時間を見る。今度は三十分になっていた。きっと経路のどこかで渋滞が発生したのだろう。そう思ったら落ち着かなくなった。チラチラと何度も時計を見る。

ふとタクシーはつかまるだろうかと思った。いつもなら幹線道路まで歩き、歩道で待っていれば、すぐに空車ランプを灯したタクシーが走って来る。

いや、でもたまにタクシーがつかまらない日もある。昼時だと運転手も食事をとるから、流しの台数が減る可能性が高い。

そう思ったらますます落ち着かなくなった。時計は午後一時を指している。出かけるか。友香は腰を上げた。自宅か楽屋、どちらで時間を潰すかのちがいでしかない。

戸締りをしてマンションを出る。するとすぐに空車のタクシーが走って来て、幹線道路に出るまでもなく乗ることが出来た。そして道路は空いていて、一時半前にホテルに到着してしまった。

あーあ。友香は顔をしかめ、自分に呆れた。何という気の小ささ。結局、いつもの通り、約束の時間前に着いてしまった。

指定された楽屋に行くと鍵が開いておらず、仕方なくロビーで時間を潰した。ホテル側の担当者が出て来たのは十分前で、マネージャーの宮里が現れたのは十分後だった。

「宮里君、遅刻」友香が睨《にら》んで言う。

「どうもすいません」宮里は頭を下げたものの、さして悪びれた様子もなく、遅れた言い訳もしなかった。

そして司会者との打ち合わせは十分で済み、本番までの長い時間、友香はすることがなくキンドルで読書をしていた。

結局、二時に家を出ても、三時の開演に何の支障もなかったことになり、友香は約束の時間を律儀に守る自分が憐《あわ》れに思えた。伊良部が言っていたことは正しい。自分は遅刻するべきなのだ。


ティータイム・ショーを無事終了させ、友香はタクシーで帰路についた。甲州街道を走り、新宿御苑トンネルに入ったときだった。急に渋滞が始まり、車がストップしたのだ。

「工事渋滞ですね」と運転手が説明してくれる。後部座席から首を伸ばして見ると、一車線を塞《ふさ》ぐ形で、工事が行われていた。このトンネルは、両方の出口に信号があるため、朝夕必ず渋滞を起こすことで有名だった。それに工事が加わったのだから、ピタリと止まったままの状態が続く。

そのとき、友香の中で急に不安な気持ちが沸き起こった。まさかここで……。友香は焦った。渋滞と言ってもせいぜい十分か二十分だろう。一時間以上、閉じ込められる訳ではない。ただ、天井も左右も閉ざされたトンネルの中にいると、これまでとはちがった恐怖感を覚えるのだった。

気づくと膝がガタガタと震え、全身に汗をかいていた。

「運転手さん、ここで降ります」たまらず降車を告げた。

「えっ？　ここでですか？」運転手がびっくりしている。

「そうです。前に歩くのと、引き返すのと、どっちが近いですか」

「さあ、ちょっとそこまでは。真ん中くらいかな。でも、ここでは降ろせませんよ。歩行禁止だから、高速道路と同じ扱いです」

「お願いです。降ろしてください」

友香がシートを叩いて訴えると、ただならぬ様子を察した運転手が、「責任取れませんよ」と言ってドアを開けてくれた。

電子マネーで会計を済ませ、転げるように外に出る。道路端に幅五十センチほどの路肩があり、友香はパンプスの音を響かせて前方に向かって早足で急いだ。途中、工事関係者が何人もいて、友香を見てぎょっとしていたが、事態を呑み込めず、無言で見送るだけだった。都心ではかなり長いトンネルを十分ほどかけて外に出る。そこで初めて風を感じ、友香はへなへなとその場にしゃがみ込んだ。渋滞中の車から物珍しそうな視線を浴びながら、呼吸を整える。しばらく体の震えが止まらなかった。


「何よ、トンネルもだめになっちゃったの？」

伊良部がクッキーをつまみながら、呑気な口調で言った。よく見れば診察室は、フィギュアやらプラモデルやらが棚に並ぶ、まるで子供部屋である。

「すべてのトンネルがそうなのかはわかりませんが、少なくとも新宿御苑トンネルはだめです。

二度とくぐりません。迂回します」

友香は切に窮状を訴えた。実際、思い出すだけで悪寒が走る。

「あそこのトンネルは長いからねー。でも、そんなこと言ってると、今にエレベーターも十階以上は怖いとか、そんなことになっちゃうよ」

伊良部の言葉を、友香は頭の中で想像した。確かに超高層ビルのエレベーターは、短時間でも閉ざされた空間だ。喉がゴクリと鳴る。

「あとは初めて行く場所の天井が怖いっていう症例もあったかな。蓋《ふた》をされているようで、パニックになるって。そうなると自宅以外のすべての屋内がだめになるわけ」

「先生、脅かさないでください。次から意識しちゃうじゃないですか」

「だいたい広場恐怖症は、そうやって行動範囲がどんどん狭くなって、最後は家から出られなくなっちゃうんだよねー」

「やめてください。本当にそうなりそうです」

友香は抗議の口調で言った。伊良部は面白がっているようにしか見えない。

「で、結局、遅刻はしなかったのね」

「ええ、そうです。誰よりも早く着きました」

「いっそのこと、一回、ステージに穴を開けてみたら？　何事も経験だよ」

伊良部が無茶なことを口にする。

「穴を開ける？　とんでもない。損害賠償請求が事務所に来て、わたしは首になります」

友香は即座にかぶりを振った。

「すぐそうやって先の心配をする。あのね、物事を否定的に考える癖と責任感の強さが、藤原さんの場合、広場恐怖症につながってるわけ。もっと図太くならなきゃ」

「わたしもそうなりたいです。でも、子供の頃から、人に迷惑をかけるなって躾《しつ》けられたんです」

友香が言い返す。実際、親の躾は厳しく、優等生の人生を歩んできた。

「じゃあ、とりあえず行動療法、行ってみようか。まずは飛行機かな」

「えっ、飛行機に乗るんですか？　絶対無理です。卒倒します」

友香は即答で拒否した。想像しただけで全身に震えが走る。

「じゃあヘリコプターは？　飛行機より離着陸が簡単だから、怖くなったらどこでも着陸できるよ」

「先生、治療のためだけにヘリをチャーターするんですか？」

「うちはドクター・ヘリの基地病院だから、その飛行訓練に便乗できるけど」

伊良部の提案に、友香は言葉が詰まった。恐怖ではあるが、どこかで勇気を奮わないと広場恐怖症は悪化するばかりである。

「じゃあ明日ね。準備しておくから。で、今日も注射打とうか。おーい、マユミちゃん」

伊良部が呼ぶと、今日もカーテンの向こうから看護師のマユミが現れた。注射の用意をしながら、「ねえ藤原さん」と話しかけて来る。

「お願いだから、うちのバンドでキーボード弾いてくんない？　オーディションやっても来るのはカスばっかでさ、やんなっちゃう。おたく、ルックスいいからきっと人気が出る。一緒にやろうよ」

「わたし、ロックなんて弾けません」

「平気、平気。コードだけ押さえればあとはアドリブでいいから。ね、お願い。ライヴ、再来週なんだよね。困ってんの」

マユミがそう言ってCDを押し付ける。見ると、派手なメイクをした女ばかりのメンバーが、怖い顔でカメラを睨んでいるジャケ写だった。

そしてまた注射を打たれる。前回同様、伊良部が鼻の穴を広げて見入っていた。まったくもって不思議な時間である。


翌日は、一人では不安なので、宮里を伴って病院に行った。駅前で待ち合わせると、いつものように十分遅刻して来た。友香は十分前に到着していたので、合計二十分、待たされたことになる。

「あんたさあ、どうして時間を守らないわけ」

友香がきつい口調で言うと、宮里は「すいません」と頭を下げるものの、とくに反省している様子はなかった。

一度、社長が宮里のことを「あいつは奄美《あまみ》大島出身で、島時間で生きてるんだよ。素直で気のいい男だから許してやれ」と言って笑っていた。南の島は時間に緩いのかもしれないが、いくら気がよくても、東京でもそれをやられると迷惑以外の何ものでもない。

伊良部のところに行くと、早速、病院の屋上に案内された。そこにはヘリポートがあり、白と赤でペイントされたドクター・ヘリがすでに停まっている。思ったよりかなり大きい。

「さあ、乗って、乗って」

伊良部に促され、後部座席に宮里と二人で乗り込む。座席と言っても担架が場所を取っているので折り畳み式のベンチだ。伊良部は操縦席に座った。

「先生、誰が操縦するんですか？」まさかと思いながら、友香が訊ねる。

「ぼくだけど」と伊良部。

「操縦免許あるんですか？」

「もちろん。アメリカに留学してるときに取ったの。向こうは割と簡単に取れるからねー」

「副操縦士はいないんですか？」

「ヘリなんて一人で大丈夫だって」

「あのう、またの機会ということで……」

「だめ、だめ。治療なんだから。手術と一緒」

伊良部がエンジンを始動すると、プロペラが旋回し、あっという間に機体が宙に浮いた。

「ヒャッホー！」伊良部が奇声を発する。機体は急上昇し、窓の外の下界の景色がぐんぐん小さくなった。友香はつり革のようなものにつかまり、身を固くした。隣に座る宮里は、「ぼく、ヘリコプターは初めてっす」と子供のようにはしゃいでいる。

「ちょっと、わたし堪えられない。降りる」

友香は血の気が引いた。きっと顔は真っ青だろう。

「藤原さん、絶景ですよ」宮里は窓にかじりついていた。「あー、東京タワーが見える。スカイツリーも。ほら、見てください」

「うるさい。黙ってなさい！」

怒鳴りつけるも、声に力が入らない。卒倒しそうなのだ。

ヘリコプターはすぐに水平飛行に移り、多摩川の上空を河口に向かって飛行した。

「藤原さん、見て見て。富士山だよ」

操縦席の伊良部が振り向いて言った。

「お願い。降ろしてください」と友香。

「何よ、気分悪いの？　またマイナス思考に入ってる。何か別のことを考えるといいよ。晩ご飯、何を食べたか、ゆうべのメニューから思い出せる限り遡《さかのぼ》って挙げてみて」

伊良部の指示に従い、ゆうべ何を食べたか思い出す。家に一人でいたから、ご飯を炊いて、味噌汁を作って、目玉焼きとシシャモを焼いて、朝ご飯のようなメニューで済ませた。その前日は、ピアノ教室の講師の仕事を終えた後、デパ地下に寄って、稲荷寿司と唐揚げを買って、家でビールを飲みながら食べた。その前は何だっけ、えーと……そうだ、家で一日中、音楽雑誌のエッセイを書いていたから、ウーバーイーツで焼肉弁当の出前を取って食べた。その前も、家に一人でいたから、ご飯を炊いて、お味噌汁を作って、目玉焼きとシシャモを焼いて……。自分はなんて孤独な女なのだ。恋人なんかもう五年以上いない。仕事だけの毎日だ。この先自分はどうなるのだろう。それを考えると猛烈な不安感に襲われた。

「先生、やっぱり降ります。どこか適当な河川敷で……」

「何よ、晩ご飯はもう思い出せない？　じゃあ次はね、死んで欲しい人間リスト。ナンバーワンからテンまで行ってみよー」

「そんな人、いません」

「なんだ、真面目だなあ。藤原さん、いい人過ぎるよ。じゃあ、マネージャーさんとしりとりやってて。とにかく意識をほかに向けることが大事だから」

「じゃあ、しりとりの『り』から始めて、リヒャルト・シュトラウス」

宮里が言った。

「あんた、乗るの？」

「だって、先生の指示ですから」

「じゃあ、ス、ス、ストラヴィンスキー」

「キー、キー、キース・エマーソン。あっ、『ん』だった」

「馬鹿！　もう終わったの！」友香が叱りつける。

ヘリコプターはいつの間にかかなりの上空を飛行していた。前方には海が見える。友香は体の中の各種内臓が浮いている感じがした。すべての制御を失ってしまったようで、自分の肉体の気がしない。死への恐怖すら覚えた。

「先生、降ろしてください」

友香は座席から立ち上がると、伊良部のところまで行った。うしろから襟《えり》をつかみ、力任せに揺する。次の瞬間、ヘリコプターは大きく傾き、友香は機内を転がった。

「何するの。危ないじゃない。ちゃんと座ってて」と伊良部。

「降ろしてー！　降ろしてー！　死ぬー！」友香が叫ぶ。激しい動悸がして口から心臓が飛び出しそうだ。

「しょうがないなあ、もう大袈裟《おおげさ》なんだから。じゃあ、河川敷に野球のグラウンドがあるから緊急着陸するね」

伊良部がヘリコプターの高度を下げる。グラウンドでは少年野球チームが試合をしている最中だった。急降下するヘリコプターを見上げ、子供たちが蜘蛛《くも》の子を散らすように逃げ惑った。外野の芝生に無事着陸する。伊良部が中からスライドドアを開けると、友香は文字通り転がり降りた。芝生に跪《ひざまず》き、深呼吸をする。助かった。安堵から全身の力が抜けた。

散っていた子供たちが、今度は近寄って来た。物珍しそうにヘリコプターを取り囲む。監督らしき大人もやって来た。

「何事ですか？」と伊良部に聞く。

「患者の緊急搬送です。気圧の変化により患者の容態が急変したため、緊急措置として着陸しました」

伊良部が真面目な顔で言う。監督は真に受け、「ご苦労様です」と勝手に恐れ入っていた。この役者がと、友香は呆れてものが言えない。

「すっげー。ヘリコプター。初めて近くで見た」

「おじさん、中見せて」子供たちが身を乗り出して言った。

「しっ、しっ」伊良部が追い払う。

「先生、わたし、タクシー拾って帰ります」友香が言った。

「だめ。荒療治かも知れないけど、逆療法っていうのはちゃんと一定の効果があるんだから。これに耐えたら新幹線なんか屁でもないよ。さあ、戻るよ。乗った、乗った」

伊良部に命じられ、操られるようにまた乗り込んだ。プロのピアニストになってから人に指図されたことがないので、つい従ってしまう。

「ここまで三十分近く耐えたんだから、復路も耐えられるって。そうやってひとつひとつ克服すれば、広場恐怖症なんか治っちゃうんだから」と伊良部。

本当かよと問いたくなるが、今のところ頼る相手は伊良部だけなので信じるしかない。

再びヘリコプターが離陸する。ゴクリと喉が鳴り、早速貧乏揺すりが始まった。

「宮里君、しりとり。黙ってると耐えられない」と友香。

「わかりました。じゃあ、またしりとりの『り』からで、リッチー・ブラックモア」

「ア、ア、アマリア・ロドリゲス」

「ス、ス、スージー・クアトロ」

「誰よそれ」

「七〇年代ロックの女王です」

「何でそんなの知ってるのよ！」友香がきつい口調で言った。

「うちの父親が昔のロックファンで、子供の頃から強制的に聴かされました」

「じゃあ、ロ、ロ、ロッシーニ」

「ニ、ニ、ニルス・ロフグレン」

「いるの？　そんなの。勝手に作ってない？」

「ニール・ヤングやブルース・スプリングスティーンのバンドにもいたことがある、通好みのギタリストです」

「わかったわよ。じゃあ……、うん？　ロフグレンって、『ん』で終わってるじゃない！」

「すいません」

「もう役立たず。最初からやり直し！」

「じゃあ、リチャード・クレイダーマン。……あ」

「馬鹿！」

友香は宮里としりとりをして懸命に気を紛らわせた。不思議なもので、怒鳴り声を上げているると恐怖心は薄らいだ。伊良部の行動療法には一定の効果があるということなのだろうか。もっとも、新幹線や飛行機では大声を出せるわけがないので実効性は低い。

「ねえ、藤原さん。せっかくだから高尾山の方まで行かない？」

伊良部が振り向いて呑気に言った。
「行きません！　ハイキングですか！」
友香が怒鳴りつける。怒鳴っているときだけ、パニックから逃れられた。

3

友香の広場恐怖症は一向に収まる気配を見せず、それどころか悪化しているように思われた。先日は、とうとう高速道路がだめになった。演奏会からタクシーで帰宅する途中、首都高で渋滞に遭遇し、五分と我慢できず、「ここで降ります」と運転手に告げたのだ。もちろん高速道路上を歩くことなどできない。運転手は困惑し、当然拒否されたが、自分の病気を打ち明けたら同情してくれ、閉所が怖いのなら窓を開けて身を乗り出したらどうかと提案され、妥協点を見出した。

友香は渋滞の首都高で暴走族のように箱乗りし、次の降り口までストップ・アンド・ゴーを繰り返したのである。このあまりに目立つ姿は、後続車のドライブレコーダーにしっかりと録画され、動画サイトにアップされた。まったく現代の日本人ときたら、他人をさらし者にする快楽に目覚めてしまったかのようである。

「高速道路で箱乗りしたのは、藤原さんが女性初なんじゃない？」

伊良部が、いつものようにうれしそうに言った。暗い顔で言われるよりはましなのだが、こうも明るいと、人の病気を面白がっているのではないかと勘繰りたくなる。

「先生、笑い事じゃないんですから、何とかしてください。わたし、再来月にウィーンで開催される音楽祭に招かれてるんです。到底飛行機には乗れそうにないし、このままだと辞退しなきゃならないでしょう。それを考えると憂鬱で、憂鬱で……」

友香が言った。ウィーンだけじゃなく、パリでもニューヨークでも、年内に公演予定があるのだ。

「睡眠薬飲んで気絶して行けばいいじゃん。何なら強いのを処方してあげるけど」

「ふざけないでください。それでは根本的解決にならないでしょう。わたしは広場恐怖症を治したいんです」

「真面目だなあ。その真面目さが病気の原因なんだけどなあ。ちなみに藤原さん、ピアノの練習は毎日するの？」

「もちろんです。移動日で出来ないこともありますが、東京にいるときは毎日五時間程度のレッスンは……」

友香が答えた。ミュージシャンなら当然のことだ。これはクラシックだけではない。ジャズだってロックだって、ミュージシャンは毎日練習している。

「子供の頃からずっと？」

「そうです。わたしは五歳でピアノを始めたので、もう二十二年間、毎日レッスンしてます」

「それっていやにならないの？」

伊良部がいかにも素人の疑問を口にする。これまでもあちこちで聞かれていることだ。

「日課なんですよ。スポーツでも言われることですけど、三日休むと元に戻すのに一週間はかかるんです。だから休むのは却《かえ》って効率が悪いんです」

「ふっふっふ」伊良部が不気味に笑った。「わかっちゃったもんね。藤原さんの広場恐怖症の根本的原因が」

「何ですか?」友香が恐る恐る聞く。どうせろくでもない話だろうと、嫌な予感しかしない。

「要するに藤原さんはピアノに縛られてるんだよね。ピアノがあるため行動が制限され、長年の抑圧から、逸脱するかもしれない自分に対して不安に駆られるようになった。閉ざされた空間でじっとしていられないのは、潜在的な自由への憧れなんだな」

「はあ……」

友香がため息をつく。またよくわからないことを。

「たぶん、転職すれば広場恐怖症は消えるね」

「先生、何を言ってるんですか。ピアノはわたしのすべてです」

「でも、しばらく休むという選択肢はあるよね。思い切って一年、休んでみたら?」

「絶対に無理です。腕が錆《さ》び付きます」

友香は目を吊り上げて言い返した。素人は本当に好き勝手なことを言う。

そのとき、呼ばれてもいないのにカーテンが開いて看護師のマユミがすたすたと近寄って来た。腰を屈《かが》め、友香に向かって言う。

「あのさあ、しばらくロックに転向するって手もあるよ。コンクールじゃないから気楽に弾けるし。やろうよ。今度のライヴ、ほんと困ってんの」

「いや、でも……」

「ブラック・ヴァンパイアのＣＤは聴いてくれた？　うちらグランジってロックをやってんだけど」

「ええ、まあ……」

数曲だけ聴いたが、ノイジーなサウンドに耳が痛くなった。絶対音感を持つクラシック演奏家にとって、不協和音は拷問である。

「わたしさあ、藤原さんの演奏、ユーチューブで見たけど、やっぱうまいわ」

はあ？　当たり前だろう、と口にしそうになる。

「コードを弾くだけでいいから。もちろん、ソロも出来たら頼みたいけど」

「無理です」

「何事も経験だって。クラシックは譜面通り弾くのが決まり事なんでしょ。こっちはそういうのないから。音を外したって誰にも叱られない」

「そうそう。やってみたら？　藤原さんは決まり事だらけの世界に生きて来たから、決まり事が一切ない世界を一度経験すると、何かが変わるんじゃない？　必要なのは変化」

伊良部まで焚《た》きつけた。友香は、無責任なことばかり言ってと立腹しつつも、一方では思い当たるところもあった。子供の頃から素直だった自分は、ずっと優等生を演じてきた。親やピアノの先生の期待に応えようと、いろんなことを我慢してきた。突き指が怖くて、体育の時間、バレーとバスケは見学に回っていた。今でも指を怪我しそうなことは裁縫だってしない。

「ロックは先生がいないよ。はみ出した者勝ちだから」

友香の内心を見透かしたように、マユミが言った。思わず見つめ合う。

「じゃあ、注射打ってまた行動療法に移ろうか。後楽園遊園地のサンダードルフィン連続十回乗車と、お台場の大観覧車連続十回乗車、どっちがいい？」

伊良部が言った。

「どっちも嫌です。帰ります」

「そんなこと言わないでよ。じゃあ、韓国式サウナ汗蒸幕《ハンジュンマク》、一回五分を十セットは？」

「何ですか、それは」

「大きな窯《かま》の中に閉じ込められてひたすら熱さに耐える。ピザの気持ちがわかるよ」

「お断りします」

友香はすべて拒否し、注射を済ませると病院を後にした。いったい自分はこの迷路から抜け出せるのだろうか。出るのはため息ばかりだ。

病院からの帰路、実家に寄った。父は会社経営者、母は元ＣＡで専業主婦という恵まれた家庭に育った。二つ上の兄は銀行員で、現在海外赴任中だ。近所からは人も羨《うらや》むエリート一家と思われて来た。

「あら、ピアノの練習？」出迎えた母が言う。

「うん。タッチの確認」

実家の防音室には奥行き二メートル超のスタインウェイがあり、ときどき帰っては弾いていた。大きなピアノは音が繊細で、微妙なタッチまで表現することが出来る。

一人でピアノに向かうとすぐに集中することが出来た。友香がステージであがらないのは、自分の世界に入れるからだ。きっと新幹線にピアノを持ち込んで二時間半弾いていたら、広場恐怖症に襲われることもなく大阪に到着するだろう。

そして一時間ほどの練習を終え、何気なく部屋を見回したら、突然悪寒がした。天井が低い――。防音工事をしたため、普通の部屋より、天井高がないのである。そこに大きなピアノを入れているので、空間はかなり狭い。ここで十代の頃からピアノを弾いていた。だから自分の部屋のようなものだ。それなのに今日、突然、圧迫感を感じた。

一度思うともうだめだった。決壊した堤防のように、不安な気持ちが大量に溢れ出て、じっとしていられない。

友香は慌てて防音室を出た。つんのめるようにして廊下を歩き、リビングのソファに突っ伏す。これはいよいよ重症だ。一旦気になると、たちまち平常心を失う。この先、自分が防音室で練習できるとは思えない。

「友香、どうしたの？」

キッチンにいた母が何事かと覗《のぞ》きに来た。

「何でもない。ちょっと立ちくらみ」

友香がごまかす。広場恐怖症について母に話したことはない。心配されるのが嫌だし、そんなにひ弱な娘だったのかと失望させたくもない。

「来週の演奏会、お母さんの友だちもみんな聞きに行くって。トリを務めるんでしょ？　お母さんも楽しみ」

「うん、頑張る」

そうは答えたものの、友香は不安が募った。来週の演奏会とは、五百人ほどの中ホールで若手ピアニストが競演するという催しだ。企業のチャリティで、ゲストがたくさん来場する。さらには衛星放送のテレビ収録もある。何かの拍子で不安が頭をもたげたら、自分は逃げ出してしまうかもしれない。以前、伊良部が言っていた。天井があるだけで恐怖を感じてしまう症例もあると。


チャリティ演奏会当日、友香は早めに会場に行き、ピアノの練習をした。そして音色とタッチを確認し、ふと天井を見上げたところで、冷たい水が体中を駆け抜けるような感覚があった。

「この照明、低くない？」

友香が、いつも通り十分遅刻してやって来た宮里に聞いた。シャンデリアを模したＬＥＤ照明が、この日はやけに近くに見える。いや、実際に近い。

「きっとテレビ収録があるので、普段より明るくということだと思いますが」

宮里が答えた。

「ねえ、もっと高くするように頼んで来てよ」

無理だろうと思いつつ、言うだけ言ってみる。しかし予想通り、聞き入れてはもらえなかった。どっちにしろ気になった段階で、高さなど問題ではなく、圧迫感となるのである。

演奏会は新人のステージから始まった。友香は楽屋で出番を待つ間、数独パズルを解いていた。ほかに意識を向けないと、さっきの吊り下げ照明が目に浮かんで、じっとしていられなくなる。

「藤原さん、何をしてるんですか」

宮里が覗いて聞いた。

「うるさい。黙ってなさい」

手で振り払う仕草をし、パズルを解く。しかし十分で貧乏揺すりが始まった。そうなるとじっとしているのが苦しい。

「ねえ、しりとりやるよ」鉛筆を放り投げ、友香が言った。

「またですか」宮里が眉をひそめる。

「いいから早く！」

「じゃあ、リヒャルト・ワーグナー」

「ナ、ナ、仲道郁代」

「ヨ、ヨ、ヨハン・セバスチャン・バッハ」

「宮里君、実はインテリ？　ええと、ハ、ハ、ハイフェッツ」

「ツ、ツ、椿三十郎」

「なんでいきなりそっちへ行くのよ！」

「父親が黒澤映画のファンで、子供の頃から強制的に観せられてました」

「じゃあ、ロ、ロ、ロバート・デ・ニーロ」

「ロ、ロ、ローラ・ニーロ」

「ロ、ロ、あんた嫌がらせしてるでしょう！」

怒鳴っていたら気が紛れた。少なくとも時間だけはうっちゃれたのだから。


演奏会は進行し、いよいよ友香の出番になった。落ち着くよう自分に言い聞かせ、下手から俯《うつむ》き加減にステージ中央へと歩く。天井から吊ってある照明を見たくないのだ。客席からの拍手を浴び、ピアノに向かう。一曲目はバッハの「G線上のアリア」だ。深呼吸をして弾き始める。なんとか普通に指は動いてくれた。続けて「ゴールドベルク変奏曲」に入り、第一変奏から順に弾いて行く。そして休符のとき、うっかり視線を上げたら、吊り下げ照明が目に入った。いけない、と思う間もなく背中に悪寒が走る。肘《ひじ》が震え、タッチにミスが生じた。友香は焦った。なんとか立て直さなければ。

（ロ、ロ、ロベルト・エンリコ。コ、コ、ココ・シャネル。ル、ル、ルイ・アームストロング。グ、グ、グレン・グールド……）

なんで自分はピアノを弾きながら一人しりとりしているのだ。そもそも演奏中によそごとを考えられるとは思ってもみなかった。

「ド、ド」

友香ははっとした。今度は実際に声を出していた。これじゃあまるでグレン・グールドじゃないか――。「ンー、ンー」ごまかすためハミングする。

グレン・グールドは二十世紀を代表する名ピアニストだが、変り者としても有名だった。演奏の最中に曲とは異なる旋律を歌ったのだ。彼のCDを聞くと、唸《うな》り声のようなものが入っているが、これは録音技師に注意をされてもハミングをやめなかったからである。

「ンー、ンー」

今更やめられなくて、友香はハミングを続けた。観客が啞然としているのが気配でわかった。もうなるようになれと、やけくそになった。元々クラシック界は、ゲイと変人しかいないといわれた世界なのだ。

そうだ、グールドはコンサートを拒否したピアニストでもあった。飛行機が嫌いでツアーにも出なかった。グールドは、本当は広場恐怖症だったのではないか？　そうよ、そうに決まってる――。

無我夢中で演奏を終え、椅子から立ち上がると、客席からはスタンディング・オベーションが起こった。ただし半分ほどだ。顔を紅潮させて力一杯拍手する人と、困惑顔で座ったままの人がきれいにわかれている。母親のいる席には目を向けられなかった。きっと怒っているに決まっている。

やっちゃったなー。友香はここに来て血の気が引いた。クラシック界の新星と言われ、清楚なイメージで売って来た。今日の演奏がテレビで流れれば、これまでのファンは戸惑い、何割かは離れて行くだろう。

「藤原さん、熱演でしたよ」

楽屋に戻ると、宮里は興奮の面持ちだった。何人かのピアニストも、「すごかったです」と驚いていた。ただし、ぎこちない表情の人間も多い。やっぱり、自分はやらかしてしまったのだ。

「いいじゃん、そんなの。言いたい人には言わせておけば。誰だって鼻歌ぐらい歌うよ」

伊良部はいつも通りの軽い口調だった。今日は机でフィギュアを制作しがてら、それこそ鼻歌交じりのカウンセリングである。どういう医者かと呆れ返るが、このいい加減さに癒《いや》されるのも事実だった。人は、適当でいいのかもしれない。

「でも、天井のシャンデリアに恐怖を覚えるようになりました。もうホールでの演奏会は無理です」

「だから休めばいいじゃん。生活に困ってるわけじゃないんでしょ?」

「そうですけど、地位は失います」

「大丈夫だって。いつか治るから。それで復帰すればいいじゃん」

「いつかって、いつですか」

「それは藤原さん次第。そもそも不安神経症なんてのは、死に至る病でも、不治の病でもないんだから、大様《おおよう》に構えるのが一番。気分転換に南の島でしばらくのんびりしたら？」

伊良部が、ピンセットでフィギュアのパーツを組み立てながら、のんびりとした調子で言う。

友香は泣きたくなった。そんなこと言ったって、南の島に行くには、飛行機に乗らなくてはならないではないか。

そこへカーテンの向こうからマユミがやって来た。「お願い。ほんとピンチなの。もうライヴ、明後日だから」そう言って真顔で手を合わせる。

「別にキーボードがなくても、ギターで代用できるんじゃないの？」

友香は冷たく言い返した。ロックやジャズは、いくらでもアレンジできるはずだ。

「あのね、ビートルズの『ドント・レット・ミー・ダウン』が名曲なのは、ビリー・プレストンのエレピの伴奏があるから。うちらにもそういうキメの曲があんのよ」

知らない曲の例えだが、説得力はあった。名曲にはジャンルを問わず決定的な瞬間があり、そのパートは楽器の替えが利かない。

「ねえ、お願い。あんたのＣＤ、会場で百枚は売ってあげるから」

マユミが尚《なお》も懇願する。友香は脱力した。まったく自分は何をしに病院に来ているのか。

4

結局、友香はマユミのバンドのライヴに助っ人で参加することにした。このまま手をこまねいていても病気が治るとは思えず、伊良部が言うように気分転換が必要だと考えたのだ。どうせ一度きりで、誰も見ていない。もちろん事務所には内緒だ。

開演の二時間前、指定された歌舞伎町のライヴハウスに行った。新宿歌舞伎町を歩くなんて、たぶん音大生のとき以来だ。猥雑《わいざつ》な雰囲気と、ゴミが散乱する道路に顔をしかめながら向かった先は、古びたビルの地下室で、それだけで階段を降りるのに躊躇《ちゅうちょ》した。こんなところで火事が起きたら、全員丸焦げだろう。

すでにリハーサルが始まっているのか、地下からは音が漏れて来た。覚悟を決めて階段を降り、ドアを開けると、マユミを含めた女三人がステージにいた。

「来たー、ありがとう！」

マユミが駆け寄り、友香をハグした。メンバーを紹介される。残りの二人も、友香のこれまでの人生では会ったことのない、ふてぶてしい人相の持ち主である。ドラム担当など腕に薔薇《ばら》のタトゥーを入れていて、（何、この女）という目を向けて来る。ワンピースにパンプスという服装の友香は、ここでは異星人だ。

早速リハーサルに入った。弾くのはフェンダー社製の電子ピアノで、触れるのは初めてだが名器であることは知っている。試し弾きしてみたら、角のないマイルドな音色に感心した。これでロックはもったいない気さえする。

「あのさあ、前に言ったキメの曲なんだけどさあ、これが楽譜ね」

マユミに渡された楽譜は、ほとんど殴り書きのそれだった。題名は「ピアノ・レッスン」。

なるほど、これでピアノ抜きだと恰好《かっこう》がつかない。譜面を目で追いながら軽くハミングする。

「うそ、譜面を一度見ただけでメロディわかるの？」ベース担当が驚いて言った。

「もちろん。みなさん、そうじゃないの？」友香が聞く。

「譜面を読めるのはマユミだけ。うちらは感覚」

「わたし、読めるけど音を出してみないとわかんないよ」

マユミがかぶりを振る。どうやら誰も正規の音楽教育は受けていないようだ。

軽く音合わせをして曲に入る。「ピアノ・レッスン」は確かにいい曲だった。騒々しいバンドだとばかり思っていたが、レパートリーにはバラードもあるようだ。何より歌詞が素敵だった。《ピアノは海　誰でも潜れる　ピアノは山　誰でも登れる　ピアノは空　誰でも飛べる　ピアノは森　誰でも入れる……》と、延々と韻《いん》を踏みながら進んで行く。そしてサビでは、《けれどピアノは誰の物にもならない》と繰り返す。ピアノはこの世界の暗喩《あんゆ》だろう。どうやらマユミの作詞らしい。友香は素直に共感した。友香にとってもピアノは世界であり、誰にも懐かない貴婦人然とした猫のようなものだ。つまり誰に対しても平等で、服従しない。

「ところで、みなさん。チューニングが合ってないようだけど」友香が言った。

「いいんだよ、そんなの」とドラマー女子。

「ううん。せっかくのライヴだし、音は合っていた方がいいと思うの」

友香は、馴染みのない楽器ではあるが、ギター、ベース、ドラムスを順にチューニングしていった。

「やっぱ耳がいい人はちがうね」ベース女子が感心している。

コード進行が単純なので、大半の曲は一回演奏しただけで頭に入った。アドリブでソロを入れたり、ギターとユニゾンで合わせたりしたら、マユミたちの友香を見る目が変わった。

ただ、友香も彼女たちの反射神経に感心する部分もあった。テニスのラリーのように、メンバー間で丁々発止のやり取りがあるのだ。

そのことを聞くと、マユミは「ロックは二度と同じ演奏がないからね」と答え、友香は目から鱗《うろこ》が落ちた思いがした。クラシックも演奏に出来不出来はあるが、基本は楽譜通りだ。彼女たちは、簡単な約束事以外はほぼ自由に演奏している。

一旦楽屋に入り、メンバーは衣装を着替え、メイクを施した。マユミが着るレザースーツは、ほとんどSMの女王様である。

「ねえ、あんた、その格好でやるつもり？」ドラマーが友香に聞いた。

「ごめんなさい。ステージ衣装、用意してないの。あってもドレスだけど」

「じゃあ、わたしの予備があるからそれに着替えてよ」

マユミがそう言ってトランクから革の衣装を取り出す。友香が受け取り、広げると、バニーガールの衣装に似たセクシーなものだった。さらには網タイツも。

「これ、わたしが着るの？」友香が顔をしかめて言う。

「いいじゃん。どうせ会場に知り合いはいないんでしょ？　恥ずかしがる理由がない。今日だけ変身しなよ」

マユミが平然と言うので、友香も、まあいいかという気になった。こんなことでもなければ一生縁のない衣装だ。

ついでに濃いめのメイクもした。ドレッサーに自分の姿を映し、これを見たら母親は卒倒するだろうなと他人事のように思う。友香の中で、しばし現実と乖離する感覚があった。そうか、自分は変身したのだ。

マユミがそばに来て耳打ちした。

「あのさあ、うちらのライヴ、毎回荒れるけどびっくりしないでね。ドラマーが乱暴な女でさあ、平気でファンと喧嘩すんのよ。ファンもそれを面白がって挑発するから、もはや喧嘩が出し物化してんのよね」

「はあ……」

よくわからないが、物騒なところに来たという自覚は友香の中にあり、聞き流すことにした。人生初のロックコンサートが、ステージに立つ側であるとは。漫画のような成り行きを、面白がっている自分がいる。

「そろそろ開演でーす」会場のスタッフがやって来て告げた。「今日もフルハウスです。消防がうるさいんで、火気厳禁でお願いしまーす」

「火気厳禁って何?」友香がマユミに訊ねる。

「ドラマーの馬鹿が、たまに火吹きパフォーマンスをやんのよ」

今度は聞かなかったことにした。

開演時間が来て客電が落ちた。地鳴りのような歓声が湧き起こる。四人で円陣を組み、マユミが声を張り上げた。

「いいかー！　気合入れて行くぞー！」

「おーっ！」

友香も大声で応じた。なんだか男子になった気分だ。

照明を浴び、ステージに登場する。嵐のような歓声。ドンドンと床を踏み鳴らす靴音。オールスタンディングで三百人は入ってそうだ。友香は三千人のホールを経験したこともあるが、それとは熱気の種類がちがう。グツグツと沸騰した油の釜が目の前にある、そんな感じだ。ファンの割合は男女半々。全員が若者だ。そっか。忘れてた。自分だってまだまだ若者だ。

ドラムがシンバルをカウントし、一曲目が始まる。速射砲のようなビートが会場に炸裂する。それに合わせて客は飛び跳ね、人の波が前後左右にうねる。友香は圧倒され、ピアノを弾くのも忘れた。いけない、いけない。慌てて曲に合わせる。

一曲目が終わると、マユミが友香を紹介した。

「今日は新しいメンバーを紹介するよ。キーボード！　トモカ！」

「おおーっ」というどよめきが起こる。可愛いじゃん。自惚《うぬぼ》れかもしれないが、そんな反応の気がした。

友香はどうしていいかわからず、椅子から立ち上がると、客の方を向き、ペコリとお辞儀をした。「あはは」と笑い声が起きる。マユミを見たら彼女も苦笑いしていた。そうか、クラシックじゃないんだ。

二曲目はまた高速チューン。一部の客がぎゅうぎゅう詰めの人の頭に乗り、トビウオのように跳ねている。友香は唖然として見ていた。ここにいるのは、これまで会ったことのない人たちだ。三曲目は一転してじっくり聞かせる長尺のナンバーで、マユミが語りかけるように歌い上げる。友香は、これはポエトリー・リーディングだと理解した。マユミは詩人なのだ。よく知らないがボブ・ディランもこんな感じなのだろうか。観客もこのときばかりは静かに聞き入っている。

そして四曲目は、いよいよ「ピアノ・レッスン」。ギターのイントロだけで大きな歓声が上がり、会場が一緒になって歌った。友香のピアノはあくまでも伴奏だが、ヴォーカルの合間に小鳥のさえずりのように入る。あらためていい曲だと思い、胸が熱くなった。世界は広い。たくさんの才能が、まだ発見されずにいる。

そして五曲目でドラマーがマイクを取った。

「てめーら、用意はいいかーっ！」

「おーっ！」

息の合ったコール・アンド・レスポンスで、激しい曲が始まる。ドラマーが「犬！」と叫ぶと、客も「犬！」と叫び返す。印象としては互いに罵り合っている感じである。

「お前とやるくらいなら犬とやるー！」

何という歌詞。友香は言葉もなかった。このドラマーにはどんな母親がいるのかと、ふと想像する。きっとさばけた母親だろう。半分羨ましい。

そのとき、黒くて小さいいくつもの物体が、ステージに向かって飛んできた。何事かと首をすくめる。床に散らばったそれを見るとドッグフードだった。

一投目が合図であったかのように、次々とドッグフードが飛んで来る。友香にも当たった。

「痛っ！」思わず悲鳴を上げた。

「てめーら、やりやがったなーっ！」

ドラマーが立ち上がり、ドッグフードを拾って観客に投げ返した。そこから雪合戦ならぬドッグフード合戦が始まる。マユミも投げ返していた。相手はお客さんなのに「バッキャローー！」と怒鳴りつけている。

ふと視界に白い物体が出現し、友香に向かって飛んできた。次の瞬間、顔面に直撃する。トイレットペーパーだった。紙でも顔に当たると痛い。目に涙が滲《にじ》んだ。友香は演奏を中断すると、それを拾い上げ、客に向かって思い切り投げ返した。

「バッキャローー！」声も張り上げる。

あら。わたし今、凄《すご》いこと言っちゃった——。別の自分が唖然としている。マユミが友香を見てクスッと笑った。仲間として認められた感じがした。

「バッキャローー！」

繰り返し叫んだ。その都度、心と体が軽くなっていく。

ドラマーがステージ前に来た。いつの間にか手には炎のついたトーチを持っている。

「馬鹿ー！　やめろー！」マユミが焦って怒鳴る。

ドラマーは何かの液体を口に含むと、トーチの炎に向かって噴き出した。「ボウッ」と音を立て、火炎放射器のように炎が宙を走る。

客席は大盛り上がりだった。もはや奇祭の様相を呈している。

次の瞬間、天井から水が降って来た。スプリンクラーが作動したのだ。

「だからやめろって言っただろー！　どうすんだよ！」

水が降りかかる中、演奏は続いた。ドラマーもセットに戻ると、高速でタムを乱打した。友香も夢中で電子ピアノの鍵盤を叩いた。もう何が何だかわからない。キーもコードも関係ない。みなが欲しがっているのは、ノイズだ。

びしょ濡れになりながら、友香は爽快だった。なんて夜だ。でも来てよかった。体の中に溜まっていたすべてを吐き出したような気がする。

ライヴはおよそ一時間で終了し、全員濡れネズミとなった。もう放心状態。メイクも髪も滅茶苦茶。ウォー！　ウォー！　ファンの咆哮《ほうこう》も、聞きようによってはブラボーと聞こえる。友香は、ステージから会場を見渡した。こんな狭い空間で、よく自分は一時間も平気でいたものだ。昨日までなら不安感に襲われ、逃げ出していただろう。

もう一度、今度はゆっくりと会場を見渡す。わたし治ったかも――。やまない歓声を浴びながら、友香はそう自分に問いかけた。

翌月、友香は奄美大島に出かけた。事務所の社長が急遽《きゅうきょ》、南の島でのコンサートをブッキングし、公演に行くことになったのだ。

「ついでに一週間ぐらいのんびりして来い。奄美は宮里の故郷だから、あいつが全部手配してくれるさ」

社長はそう言って、休暇までくれた。

飛行機移動は鬼門のはずなのに、友香は身構えることなく、自然に受け入れた。そしてとくに不安感に襲われることもなく、二時間と少しのフライトを機内で過ごすことが出来た。やったー。友香は心の中で自分を祝福した。

到着後、マユミに飛行機に乗れたとメールしたら、それには答えず、「ドラマー首にしたわ。誰かいいのいない？」という返事が来た。まったく彼女たちときたら――。おかしさが込み上げる。

奄美には立派な音楽ホールもあるが、あえて野外の特設会場が選ばれた。まだ夏の残り香がある中、お客さんにビールでも飲みながら気楽にクラシック音楽を楽しんでもらおうという趣向なのである。だから友香の衣装もドレスではない。ショートパンツに大島紬《おおしまつむぎ》のアロハシャツだ。

昼間、島内観光をして奄美の大自然を満喫して会場に行くと、まだ誰もいなかった。スタッフものんびり談笑している。

「ねえ、時間、あってるの？」友香が聞いた。

「はい。一応、六時開場、七時開演です」

宮里が答える。時計の針は午後六時を指していた。

午後七時、開演時間が来ても椅子は半分も埋まっていなかった。みんな生ビールを飲みながら、くつろいでいる。

「ねえ、チケット完売じゃないの？」

「完売です」

「じゃあ、どうして半分空席なのよ」

「七時スタートだと、だいたいみなさん、八時くらいに……」

宮里が言い難そうに言った。

「そうなの？」

「すいません。奄美の人は自由なんです。歴史を辿《たど》れば琉球文化圏で、大和文化とはいくらかちがっていて……。東京の人からすると、時間にルーズだと思われるかもしれませんが、ぼくらはこれでずっとやって来たし、これでしあわせなんです」

友香は、ま、いっか、という気になった。世界を見れば、時間通りに行かない国の方が遥かに多い。それにいちいちイラつくのは、実は少数派なのだ。

「わたしもビール飲もうかな」と友香。

「買ってきます」宮里が立ち上がり、売店へと走った。

空を見上げると、東京とは事実上の時差があるため、まだ青さが残る薄暮だった。

そうか。時差があるのか。じゃあ、しょうがない――。友香は心の中でつぶやいた。

パレード

1

もう一週間、誰とも口を利いていないと気づいたのは、深夜の吉野家で牛丼の並盛を食べているときだった。幹線道路沿いにあるその店は二十四時間営業で、トラックやタクシーの運転手が多く利用することから、終日客足が途絶えることはないが、零時《れいじ》を過ぎるとさすがに閑散としていて、その中で一人牛丼をかき込むのが、裕也《ゆうや》の週に一回程度のルーティーンだった。空《す》いているから入りやすく、ワンルームマンションから十分ほど自転車を漕いで訪れていた。

何気なく厨房を眺め、働いているのは先週の店員と一緒だなと思ったとき、その間、人と口を利いたのはコンビニか飲食店の店員以外にいないことに思い当たり、背中を悪寒が走った。二十歳の若者がいったい何ということか。この二年間、自分はずっと一人だ。

顔を上げると、正面のガラスに自分の姿が映っていた。慌てて目を逸らしたのは、あまりに孤独な青年然としていて、正視できなかったからだ。

北野《きたの》裕也は都内で一人暮らしをする大学三年生である。山形県の生まれ育ちで、地元の高校を卒業後、東京の私大の人間科学部に進学した。誰もが知っている有名大学で、三人兄弟の末っ子ということもあってか、両親は快く東京へと送り出してくれた。実家は果物農園を営み、三世代が暮らす大きな家で何不自由なく育った。東京でアルバイトをしなくても済んでいるのは、充分な仕送りを受けているからだ。祖母は内緒で小遣いもくれる。

二年半前、入学に合わせて上京したものの、新型コロナウイルスが猛威を振るう最中で、大学の授業はすべてリモートで行われることになった。入学式もオリエンテーションもなし。クラスメートとはパソコンの画面上、自己紹介を交わしたきりで、当然、新しい友だちは出来なかった。たまに会うのは共に上京した数人の元同級生だけ。それも行動自粛が求められる中ではままならず、ＬＩＮＥでのおしゃべりばかりだった。

大家族の生活しか知らなかった裕也には、初めて経験する孤独な日々だったが、趣味が映画と音楽鑑賞だったこともあり、案外苦にならず、初めての気ままな一人暮らしを楽しんでいた。

変化があったのは二年生になってからだ。少しずつ対面授業が増え、クラスに気の合う者同士のグループが出来つつある中、裕也だけはどのグループにも属することが出来なかったのである。これは自分でも意外だった。裕也は子供の頃から活発で、クラス委員や児童会の役員などを進んでやっていた。何をするにもリーダー格で、自分でも目立ちたがり屋だと思っていた。それが、上京してからはどうも様子がおかしい。そもそもサークルにも所属していないのは腰が引けているからだ。初めは映画研究会にでも入ろうと思っていたが、なぜか門を叩けない。サークルのホームページには、次回ミーティングの会場が告知されていて、「会員常時募集！歓迎します！」の文字が躍っているのだが、行動に移せないのである。

おれって実は人見知り？　自問しても答えは返って来ない。ただ、ちょっとした心当たりはあった。大学で初めてクラスメートと対面し、付属高校から内部進学のいかにも都会的な女子学生と会話を交わしたとき、くすっと笑われたのだ。「知らね」とひとこと言っただけだが、きっとイントネーションが東北弁丸出しだったのだろう。以後、迂闊《うかつ》にはしゃべれないなとプレッシャーを覚えた。高校時代は彼女だっていたのに。

そして三年生になった今年の春、決定的な出来事が起きた。授業で教授から指されたとき、突然頭に血が上り、顔が真っ赤になって一言もしゃべれなくなったことである。これには裕也自身も驚いた。まさか自分がこんなことになろうとは思ってもみなかった。

汗をかいて立ち尽くし、ただ俯《うつむ》いているだけの裕也を見て、教授も何か異常を感じたのか、以後指名を避けるようになった。クラスメートたちも、変わった人間と思ったらしく見ない振りをしていた。

その後も、似たような症状が次々と起こり、裕也は病気を自覚した。人に見られていると文字も書けない、食事も出来ない、靴の紐も結べない――。

裕也は完全に自分を見失っていた。憧れだったはずの都会生活が、孤島にいるのと変わりがない。そんなこんなで、三年生も秋を迎えてしまった。このままでは卒業もおぼつかない。

その日、午前中の授業が終わったところで、裕也はゼミの指導教授にメール連絡で呼ばれた。緊張して研究室に行くと、教授から、いまだにゼミのフィールドワークに参加していないことを注意された。

「北野君だけタスクチームを選んでないのはどういうわけ？　希望する研究テーマがないってこと？　それとも全部一人でやるってこと？」

人間科学部では若手の教授がペンで机を叩いて聞く。フィールドワークとは学生がチームごとに商店街や団地などの取材をし、町づくりとは何かを実地で学ぶ研究である。もちろん興味があって希望したゼミだが、夏休み明けからチーム作業が始まると腰が引け、なんとなく先送りしていた。

「すいません。どこか選んで入ります」

「もう活動を開始しているチームもいるから早めにね」

「わかりました……」

裕也が俯いたまま答えると、教授は少し間を置いてから、「ところで、北野君は一人でいるのが好きなのか？」と聞いて来た。

「いえ、別に……」

痛いところを突かれ、裕也は顔が熱くなった。

「別にいいんだけど、ゼミのコンパにも来なかったし、合宿も不参加だったし、どうしてかなと思って」

「すいません……」

「いや、謝らなくていい。ぼくは何事も強制が嫌いだから学生の意志に任せている。ただ、飲み会にも顔を出さないっていうのは若者らしくないし、もしかして何か人間関係で悩みでもあるんじゃないかと思って聞いてみただけ」

教授が話を続ける。この教授はやさしくて学生の人気が高かった。

「学生課から通知が来ててね。コロナ明けで急に人と交わるようになって、キャンパス生活にうまく対応できない学生が増えているので、気をつけて見て欲しいって。北野君がそうだとは言わないけど、もし心当たりがあるなら遠慮なく相談して欲しい。ぼくじゃ話しにくいって言うなら、学生課に相談員がいるし」

「はあ……」

「とくに地方から上京した学生は、いきなりのリモート授業で、二年間も新しい友だちが出来なかったんだからね。いろいろ大変だったと思う」

「はあ……」

「君、さっきから頻繁に瞬きしてるけど、それ、たぶんチックだよね。緊張から来てると思うんだけど、そういうの、放置しない方がいいよ。一度病院に行ってみたらどうかな」

「はあ……」

「君は『はあ』ばっかだなあ」

教授がそう言って苦笑する。兄のように励ましてくれているのだろうが、裕也はますます顔が熱くなり、目を合わせることが出来なかった。この教授は、裕也の赤面症に気づいているのだ。

研究室を出て、中庭の池の畔《ほとり》に腰を下ろし、自分で作った弁当を食べた。学食は混んでいるので、数えるほどしか利用したことがない。それに賑やかな喧騒に身を置くと、一人でいることにいたたまれなくなる。

米粒を池に投げると、たちまち鯉《こい》が寄って来た。裕也の昼休みの、唯一の気晴らしである。

夜、郷里の母親に電話をかけた。親兄弟とはＬＩＮＥで日頃から連絡を取り合っているが、月に一度は声を聞かせて欲しいと母が言うので、面倒臭くはあるが従っていた。

「裕也です。そっちはみんな元気？」

「うん、元気だべさ。お爺ちゃんがまた膝を悪くして病院に通ってるけど、自分で車を運転して行くくらいだから、たいしたこたあねえだろう。お婆ちゃんは毎日パターゴルフ。お父さんとお母さんは変わりなし。お兄ちゃんは青年団の仲間と麻雀ばっかり。それと、お姉ちゃんは先月からヨガを始めたべ。駅前にヨガ教室が出来てね。職場の先輩に誘われたとかで……」

母が、離れて暮らす息子との会話に飢えていたかのように、早口でまくし立てる。

「この前、町会長の佐藤さんがうちに来てね、孫が東京の大学に行きたいって言い出したから、どうしたもんか、北野さんのところの裕也君に相談してみるべって。だからあんた、今度帰って来たら会って話を聞いてやって」

「おれが？　どうして」

「この辺で東京の大学へ行ったのはあんただけだ。それも天下のW大だべ。そりゃあ、あてにもされるさ」

母は、息子が東京の有名大学に進学したのが自慢でしょうがないらしく、親戚や近所の人たちに、ことあるごとに裕也の近況を話していた。

「で、オメさんは元気か？」

「ああ、元気だべ。今月は河口湖でゼミの合宿があって、二泊三日で行って来た。ボートに乗ったり、乗馬体験したりして面白かったべ」

裕也がいつものように嘘を言った。東京で青春をエンジョイしているという見栄である。

「あらそう。それはよかったべ。写真あったらメールで送って」

「ああ、そうね……。いや、でも、おれはそんなに写真撮る方じゃないから、あったかな」

母の求めに一瞬焦るものの、言葉を濁してごまかした。

「合宿費用とかは足りたの？」

「バイトして充てた。サークル仲間の紹介で、イヴェントの会場設営の仕事があったから。肉体労働だから、三日で三万円もらえたべ」

「そう。裕也は逞《たくま》しいべ。裕也はすっかり東京の人だねえ」

「三年目だしね。もう慣れた」

「ご飯はちゃんと食べてるか?」

「ああ、ちゃんと食べてるって。学食は安いから、もっぱら昼飯で栄養を蓄えてるべ」

「そうか、じゃあ安心だべ」

毎回同じような会話を交わし、電話を切る。月に一度の義務を果たしたことにほっとして、ベッドに寝転がった。コンクリート造りのワンルーム空間は、防音がちゃんとしていて、常に誰かの声が聞こえて来た実家での生活とは大違いである。

ぼんやりとテレビのヴァラエティ番組を眺めていた。芸人タレントがボケを言い、スタジオが爆笑に包まれる。そう言えば自分は声を上げて笑うこともなくなった。前に笑ったのは夏休みに帰省し、高校時代の仲間たちと遊んだときだ。どうしてこうなったのかと、ときとして途方に暮れるのだが、心のどこかには諦《あきら》めの気持ちもある。

こんな孤独な日々に耐えられるのは、人間には耐性があるからだろう。慣れるとどんな現状でも普通になる。それともうひとつ、田舎に帰れば普通の暮らしができるという心の支えがあるからだ。不思議なもので、東京では人と話せないのに、帰省すると友人たちと今まで通り馬鹿騒ぎが出来た。街に出かけナンパもした。要するに自分の赤面症は東京限定なのだ。帰省すれば元に戻れるとわかっていれば、卒業までの一年半を耐えるだけである。

三年生になり、周囲はそろそろ就職活動を始めているが、裕也は地元に帰って公務員になると親に告げていた。本当は東京でマスコミ関係の仕事に就くのが夢だったが、もう消えてしまった。気になる企業へのOB訪問もエントリーするつもりもない。両親は息子が帰って来ることを無邪気に喜んでいる。

自分は敗《ま》け犬だな――。天井に向かって吐息をつく。尻尾《しっぽ》を巻いて逃げる用意を今からしているのだ。

自己憐憫《れんびん》もすっかり癖になった。


翌日、同じゼミの四年生にLINEでタスクチームに今から入れるかどうか問い合わせた。そのチームを選んだのはメンバーが少数なのと、テーマが江戸時代の町づくりで資料収集が主なため、人への取材が少なくて済むだろうと思ったからだ。返事が来るのに半日ほど時間が空いたのは、メンバーの中に、「あのインキャ（陰キャラ）入れるの？」と嫌がる学生がいたからかもしれない。それを思うと憂鬱《ゆううつ》になるが、どこかに参加しないと単位がもらえないので耐えるしかない。

夕方、大学近くの喫茶店でミーティングがあるというので、早速参加した。まずは店のドアを開けるだけのことで緊張し、断続的におくびが込み上げた。奥のテーブルに学生たちの姿を見つけた。裕也以外に五人いて、内女子が二人だ。

「北野は出身、どこなの？」

チームリーダーの四年生、佐々木が聞いた。

「山形です」

「フットサルのサークルに山形市出身がいたなあ。××高校出身の奴だけど」

「ぼくは酒田市で庄内地方だから、盆地の方はちょっと……」

「ああ、山形市は盆地なんだ。知らなかった」

「北野君、兄弟はいるの？」女子学生の一人が聞く。

「うん。兄と姉が」

「家は何やってんの？」

「農家だけど」

メンバーからいろいろと質問が飛んだ。互いの距離を縮めようとしている姿勢に感謝したが、裕也は人の輪に加わるのが久し振りで一気に緊張が増した。メンバーの顔を見られず、アイスコーヒーのグラスに手を伸ばすことも出来ない。その間、全身に汗が噴き出て来て、ワイシャツが見る見る変色した。顔の汗はおしぼりで拭《ぬぐ》っているが、拭《ふ》いても拭いても間に合わない。

異常に気づいたメンバーが押し黙った。

「北野、どうかした？　汗びっしょりだけど」佐々木が心配そうに聞く。

「すいません。気分が悪くて」

裕也が答えた。実際、発汗だけでなく吐き気を催してきた。

「じゃあ、帰った方がいいよ。これからはグループメールで連絡を取り合おう」

「わかりました」

コーヒー代をテーブルに置き、立ち上がる。背中にみなの視線を感じつつ、逃げるように喫茶店を出た。

なんてことだ、最初の顔合わせでとんだ醜態をさらしてしまった。裕也は目の前が真っ暗になった。この先、自分はゼミに参加できるのだろうか。

裕也は一刻も早く家に帰って、布団を被って世間から隠れたかった。

ワンルームマンションに三日間、籠《こも》った後、裕也は思い切って病院へ行くことにした。このまま今の状態を放置したら、引きこもりになりかねず、そうなったら大学を辞めることになるだろう。そして惨《みじ》めな気持ちを抱えて田舎に帰り、心の傷を隠したまま生きていくのだ。それだけは避けたかった。自分は人並みの青春を送りたいのだ。

いつも通学で利用する私鉄沿線に、伊良部総合病院という大きな病院があり、ネットで見たら一流ホテルのような内装で神経科もあったので訪ねることにした。最新の医療設備が整っており評判も上々だ。

受付で簡単な問診票を書き、待っていると名前を呼ばれ、地下の診察室に行くよう指示された。階段を降りると、ロビーの明るさから一転して、薄暗い廊下が続いている。その途中、「神経科」のプレートがかかったドアがあり、恐る恐るノックして開けると、太った医師が机で何か作業をしながら首だけ回し、「いらっしゃーい」と甲高い声を発した。

「あ、あの、ええと……」

緊張から吃音《きつおん》が出てしまう。

「そこ、座って」

医師が顎《あご》をしゃくり、目の前の椅子に着席するよう促す。ただ、医師はこちらを見ず、机で何かを組み立てている。何気なく覗《のぞ》くと、それは怪獣のフィギュアだった。

「これ、エレキング。わかる？」と医師。

「いえ、わ、わかりません」裕也が答える。

「そうだろうねー。昭和のウルトラ怪獣だから。ちょっと待ってて。尻尾を接着しないと自立しないの」

「はあ……」

医師は裕也にお構いなく作業を続け、五分ほどしてからやっと向き直った。

「さてと、お待たせ。で、何だっけ？」

「あの、そ、その……」次の言葉が出て来ない。

「ああ、そうか。赤面症ね。問診票に書いてあった。それって誰に対しても顔が赤くなっちゃうわけ？」

医師がカルテを手にして質問する。胸の名札を見ると《医学博士・伊良部一郎》と書いてあった。この病院の名前と一緒なので、経営者一族のようだ。

「い、いえ、誰に対してもってわけじゃ……。実家に帰省したときは普通に人と会えるんです。でも東京にいると、人と接するのが怖くて……」

裕也は、自分が東北出身の大学生であることと、上京してからの事情を簡単に説明した。

「あ、そう。別に珍しいことじゃないよ。内弁慶の理屈だから。不登校児童だって家では王様のように振舞うケースがままあって、そうすると親は自分の子供が外の世界を怖がっている事実が信じられないわけ」

「いや、ぼくは内弁慶というわけでは……。むしろ人前に出るのが好きな子供だったし……」

「だから、北野さんの場合、内が故郷で外が東京に当たるわけ」

「はあ……」

その指摘には説得力があり、裕也は黙るしかなかった。

「でもまあ、誰もが自分の病気に気づくわけじゃないからね。実際、四十歳を過ぎて初めて自分が発達障害だって気づいた人もいるし。明らかに健康を害する症状じゃない限り、人はそれを異常とは思わず、ただの特徴や性癖として受け入れちゃうのね。だから、周囲と比べて自分の集中力のなさはいったい何なのかって疑問を抱き、調べてみて、初めて自分が発達障害だったことに気づくわけ。北野さんも素地はあったのかもね」

伊良部が鼻をほじりながらのんびりした口調で言う。とくに心当たりはないが、くよくよする性格は中学生の頃からあり、それが素地と言われればそんな気もした。

「話を聞いてると、北野さんは社交不安障害だろうね。昔、対人恐怖症って呼んでた病気。ま、死にはしないから気にしないことだね」

「いや、でも、最近は大学へ行くのすら怖くなっていて、このままだと中退しちゃうんじゃないかと不安で……」

「帰省すると元に戻るんなら、田舎に帰って大学に入り直せばいいんじゃないの？　アタマいいんだし、地元の国立に入れるでしょう」

伊良部が何事でもないように言う。裕也は一瞬、耳を疑った。

「じゃあ、田舎に帰れと……」

「そう。何も東京みたいなごみごみした場所で暮らすことはないんだから」

「いや、でもそれって、病気の根本的解決にはならないんじゃないですか？」

「平気、平気。社交不安障害はほとんどが十代で発症して、二十五歳くらいまでには収まるんだから。それまでの猶予期間と思えばいいじゃん」

「いや、でも……」

「でも何よ」

「ぼくは克服したいんです。でないと東京に負けて逃げ帰ったみたいで……」

裕也はきっぱりと言った。本心は、自分に負けたくないのだ。

「北野さん、真面目だなー」

伊良部が腕組みし、眉間に皺《しわ》を寄せて言う。裕也は、カバがしかめっ面をしたらこういう顔なのかなと、場違いなことを思った。

「人生、勝ったも負けたもないの。動物を見習うといいよ。生息地がちゃんとあって、そこから出ないようにして生活してるでしょ？　仮にタヌキが都会に紛れ込んでしまった場合、自分は都会の暮らしを克服したいなんて言い出すと思う？　来るとこ間違えたって、急いで帰るだけじゃん」

「はあ……」

「都会で別の自分を見つけよう、なんて発想が神経症の根源なの。これからはタヌキになって楽に生きよう。いいね」

そう言われると、今度は伊良部がタヌキに見えて来た。

「いや、で、でも、いろんなことを克服したから、人類は文明を手にしたんじゃないかと……」

「あら？　言うね」

「だ、だってそうじゃないですか。人類だって最初は火が怖かったと思うんですよ。でもやがてそれを操り、寒冷地でも暮らせるようになった。そ、そ、それがなければ人類は早々に絶滅してたと思います」

裕也が吃音に苦戦しながら言うと、伊良部は子供のように口をとがらせ、「言い負かされた。悔しいなー」とブツブツつぶやいた。

「ま、いいや。とにかく治療ね。抗不安剤とかあるけど、そういうの、うちでは処方しないから。自然に治すのが一番。行動療法のプログラムを組むからしばらく通院してね」

「わ、わかりました」

裕也が承諾する。相手にしてもらえてほっとした感もあった。何より対面で人と話をしたのは久し振りのことである。この医師は、不思議と話しやすい。

「じゃあ、景気づけにビタミン注射を打っとこうか。おーい、マユミちゃん」

伊良部が奥に向かって声を発する。するとカーテンが開き、ミニの白衣を着た若い看護師がワゴンを押して現れた。その外見にぎょっとする。おまけに美人なので体が強張《こわば》った。

注射台に左腕を載せられ、消毒液が塗られる。裕也はつい看護師の太ももに目が行ってしまった。

「ちょっと、力抜いて」

マユミという看護師がぞんざいに言った。

「は、はい」

返事はするものの、さらに緊張して腕が震えた。

「力抜きなって言ってんだろう」

マユミにビンタを張られた。裕也は唖然《あぜん》とし、抗議の声も出なかった。ただ腕を震わせている。

伊良部とマユミが顔を見合わせた。

「いいよ、打っちゃって」と面倒臭そうに伊良部。マユミが注射針を皮膚に突き刺すと、伊良部は鼻の穴を広げてその様子に見入っていた。

東京の病院はこうなのか？　にわかに現実感が薄らぐ。

「じゃあ明日ね。どうせ学校には行ってないんでしょ」

「はあ……」

診察室を出て、再びロビーに行く。ソファに腰を下ろし、会計を待っていると、三十分経っても名前を呼ばれなかった。ふと不安が過《よ》ぎる。もしかして聞き逃したのだろうか。あるいは北野という名字が間違えてコンピューターにインプットされてしまったのだろうか。

自分より後に現れた患者が、次々と名前を呼ばれ、会計を済ませて帰って行く。ついには一時間が過ぎ、裕也は心細くなった。いくらなんでも会計でここまで待たされることはない。事務の手違いで飛ばされてしまったのだ。

一時間半が過ぎても事務員から声がかかることはなかった。立ち上がって聞きに行こうとしても体が動いてくれない。「すいません、北野ですが会計までですか」と言えばいいだけなのに、声が出せない。中学生でも出来る簡単なことが、今の自分には出来ないのだ。

二時間経ったところでロビーに人がいなくなった。外来の診療時間が終わったのだ。電気が半分消され、薄暗くなった。隅では清掃員がモップをかけ始めている。裕也の不安は頂点に達した。

そのとき中年の女子事務員がカウンターの向こうに姿を見せた。裕也の様子を窺《うかが》っている。

「北野さんですか」と声を発した。

「は、はい」

ああ、よかった――。裕也は心から安堵し、小走りに駆け寄った。

「会計は二千円です」

事務員に告げられ、裕也は財布を取り出して料金を支払った。

「お待たせしてすいませんね。いえね、伊良部先生から二時間待たせて様子を見ろって指示があったの。治療の一環だからって。ごめんなさいね。あの先生、少し変わってるから」

事務員が申し訳なさそうに苦笑している。

裕也はしばし絶句した。自分はわざと待たされたのか？　これが医者のすることか――。そして奇妙な空白を味わいつつ、自分が情けなくなった。会計までですか、そのひとことが言えないのである。閑散としたロビーでいっそう孤独を感じる。これではまるで引っ込み思案の小学生だ。

2

ゼミのフィールドワークは、メールのやり取りでなんとかついていった。ネットで調べた資料を元にレポートを書き、写真や図版と共に送ると、メンバーからはそれなりの評価を得られ、少なくとも足手まといになることだけは避けられた。元よりレポートは得意で、要領のよさでいい成績を収めてきたのである。ただ、このままミーティングを回避するわけには行かず、また緊張で固まってしまうかもしれないと思うと、生きた心地がしなかった。来月は、ゼミで一回目の発表会もある。このピンチに、裕也はため息ばかりついていた。

この日、二度目の診察に病院へ行くと、伊良部がパソコンの画面に向かってゲームをしていた。裕也を一瞥《いちべつ》しただけで挨拶《あいさつ》も返さない。

「あーっ、くそー。そこに隠れてたのか！」

どうやらプレイステーションのバトルゲームに興じているらしい。ただ、一人ではなく隣に対戦相手の少年がいた。中学生くらいだろうか。

「先生、へたくそ。反射神経、鈍い」と少年。

「何だと。この引きこもりの中坊めー。成敗してくれるー」伊良部が憎々し気に言い返す。

二人ともゲームに熱中しているので、裕也は仕方なくスツールに腰を下ろし、彼らの対戦を眺めていた。近くのソファでは、看護師のマユミが気怠《けだる》そうにスマホをいじっている。

相手にされないまま十分以上が過ぎた。伊良部は一向にゲームをやめようとしない。二十分が過ぎた。患者など眼中にないかのように、二人はゲームに熱中している。裕也はふと昨日の会計時のことを思い出した。もしかしたら、自分はまたわざと待たされているのだろうか。

「あのう……」試しに声をかけてみた。

「今忙しい。ちょっと待って」と伊良部。

ヒュン、ヒュン、ドカーン。その間もゲーム音が診察室に響いている。裕也は仕方なく終わるのを待った。

三十分経ったところでやっとゲームに決着がついた。

「ははは。先生、修行が足りないね」

少年が勝ち誇って言う。

「黙れ。今日は調子が悪かっただけだよ」

伊良部が悔しそうに地団太を踏む。そして裕也に向き直り、「ええと、何だっけ」と聞いた。

「いや、その、診察に……」

「あ、そうか、そうか。社交不安障害の学生さんね。真面目だねー。ちゃんと来るんだから」

「いや、先生が通院しろって言ったんじゃないですか」

裕也が憮然《ぶぜん》として言い返す。

「言ったって患者の半分はバックレるけどね。感心、感心。ああ、紹介する。この子、不登校の中学二年生、マサル君ね。先月からカウンセリングで通ってるんだけど、いついちゃって、ここで毎日ゲームやってんの」

「ゲームを始めたのは先生。おれは付き合ってんの」

マサルが口をとがらせて言った。いかにも生意気盛りといった態度である。

「で、この人はW大の三年生、北野さんね。対人恐怖の症状が出て、普通に人と話せないんだって」

伊良部が裕也を紹介すると、マサルはフンと鼻を鳴らし、「大学生のくせに情けねー」と聞こえよがしにつぶやいた。

「そういうこと言わないの。マサルだって似たようなものじゃん」伊良部がたしなめる。

「おれはちがいますー。学校なんて馬鹿らしいから行かないだけ。引きこもりじゃねえもん」

引きこもりと言われ、裕也はむっとした。ただ、言い返したくても言葉が出て来ない。

「せっかくだからグループ・セッションをやるからね。互いに協力すること。じゃあ、その前に注射行ってみようか。おーい、マユミちゃん」

伊良部が名前を呼ぶと、マユミはやる気がなさそうに支度をし、順に注射を打った。

「えへへ。おれ、マユミさんの注射が楽しみで来てんだよねー」

マサルが大人ぶって言う。マユミは仏頂面のままマサルの額を指でつついた。伊良部は昨日と同様、注射針が皮膚に刺さる様子を凝視し、鼻をヒクヒクさせている。裕也はされるがままだった。

「じゃあ、出かけようか。最初は老人ホームに行って入居者との交流をはかるプログラムね。すぐ裏にうちの系列のホームがあるから、そこへ行くよー」

伊良部が立ち上がって言った。

「えーっ。またジジババの相手？　疲れんだよなー」とマサル。

「何言ってんだ。この前、どこかのお婆ちゃんに小遣いもらってたくせに。ちゃんと見てたぞ」と伊良部。

マサルが首をすくめ、舌を出す。互いに遠慮はなく、二人は年の離れた兄弟のようである。

老人ホームは病院の裏手に、高級ホテルかリゾート地のペンションのような風情《ふぜい》で建っていた。伊良部は顔パスらしく、フロントに軽く手を挙げただけで入館が許可された。向かった先は娯楽室で、入居者がコーラスに勤《いそ》しんでいる。老人の半分は車椅子に乗っていた。

「じゃあ一緒に歌おうか」伊良部が言った。

「えーっ、マジで？　コーラスなんて辛気臭《しんきくせ》えなあ」

マサルはぶつぶつ文句を言いつつも、老人たちに交ざり、歌い始めた。わざとぞんざいに発声しているのは照れ隠しだろう。誰もが知っている「夏の思い出」だ。

「北野さんもね」

伊良部に言われ、コーラスの輪に加わる。しかし声が出なかった。口をパクパクさせるだけで、何も声が出て来ない。そうこうしているうちに手足が震え、全身から汗が噴き出た。マサルが眉をひそめ、裕也を見上げている。

「先生この人、おかしいよ。パーキンソン病なんじゃないの」

「おっ、よく知ってるなあ、そんな病気」伊良部が答える。

「やることねえから本ばかり読んでるもん」

「ただの緊張。自律神経の不調だって」

「コーラスでなんで緊張すんの？　理解できねー」

マサルは人の不幸がうれしいのか、はしゃいだ様子でいる。

裕也は、ここまでひどいとは思わなかったのでショックを受けた。たかが歌うことが出来ない。ステージに一人で立たされているわけではない。大勢に混ざっても、意識が過剰に働き、コントロールを失うのだ。

次の曲は昔の歌謡曲で「明日があるさ」。裕也が歌えないでいると、伊良部がタンバリンを投げてよこした。手が震えているので、小さなシンバルが勝手に鳴っている。マサルはそれを見て、手を叩いてよろこんだ。

「めちゃ笑える。北野君、サイコーじゃん」

中学生に君付けで馬鹿にされても、裕也は言い返すことが出来なかった。ただ耐えるのに懸命で、怒りの感情も湧いてこない。

コーラスが終わると、今度は車椅子の入居者を散歩に連れ出すよう、伊良部から指示された。

「病院の中庭が広いから、そこへ連れて行って。みんな介護士以外、若い人と話す機会があまりないから、話し相手になってやって」

「ジジババと何の話すんだよー」とマサル。彼は何に対しても文句を言う性格のようだ。

裕也は九十歳を超えてそうな老婆の車椅子を押した。ホームの敷地を出て、道を渡り、病院の中庭に入る。マサルは顔見知りの入居者がいるらしく、親し気に談笑していた。伊良部は芝生に寝転がってスマホをいじっている。

黙っているわけにもいかないので、裕也は老婆に何か話しかけようとした。天気の話でも、健康の話でも、何でもいい。それなのに気持ちが上ずり、空唾《からつば》ばかり呑み込んでいる。

「お兄さんは新しい介護士さん？」

老婆が、耳が遠いのか大きな声で聞いた。

「は、はい。……い、いいえ」

緊張して頓珍漢《とんちんかん》な答えをしてしまう。ただ、よく聞こえなかったらしく、老婆はうんうんと頷いていた。

「その人、大学生だよー」横からマサルが言った。「W大の人間科学部で、頭はいいんだけどコミュ障なんだって。お婆ちゃん、話し相手になってやって」

「う、う、うるさい」

裕也が怒鳴りつけようとするが、吃音の挙句、思った声量の半分も出ない。マサルはそれを面白がり、「やーい、コミュ障、コミュ障」としつこくからかった。裕也はマサルが学校に行けない理由がわかった気がした。この性格で友だちなど出来るわけがない。

「い、いい天気ですね」

なんとか気を取り直し、老婆に話しかけた。

「そうねえ。でも日向《ひなた》は暑いから、木の下に連れて行ってくれますか」

「は、はい」

しまった、機嫌を損ねてしまったかと裕也は青くなった。また手足が震える。車椅子の向きを変えようと回したら、タイヤが縁石にぶつかった。ますます焦り、全身に玉の汗が噴き出た。

「あぶない。気をつけてください」と老婆。裕也は眩暈《めまい》がしてその場にしゃがみ込んだ。異常を察した老婆が人を呼ぶ。

「ねえ、誰か。この人、貧血みたい」

介護士が駆け寄り、裕也をベンチに座らせる。裕也は「大丈夫です」と手を振り、呼吸を整えた。貧血と誤解されたのならその方がいい。

マサルがやって来て、「北野君、田舎に帰った方がいいんじゃね」とうれしそうに言った。なんてひどいことを言うのかと腹が立って仕方がないが、中学生相手に言い返すことも出来ない。

ホームに戻ると、介護士の主任という人から「バイト君たち、娯楽室の後片付けと清掃、お願いね」と言われた。

バイト君？　裕也は何のことかと伊良部に訊ねた。

「先生、これってアルバイトなんですか？」

「ううん。治療だよ」

伊良部が何食わぬ顔で答える。仕方がないので、マサルと二人で椅子を片付け、床のモップ掛けをした。伊良部は隅のテーブルで職員と談笑している。

清掃が終わると、また主任がやって来て、「次は敷地内の草むしりをお願いね」と言った。マサルを見ると、下唇を剝《む》き、しょうがないというポーズをしている。

裕也は再び伊良部に聞いた。

「先生、草むしりをするよう言われたんですが、それも治療ですか？」

「もちろん。単純作業が自律神経を整えるというのは、医学の常識だからね。たくさん汗をかくといいよ。今夜ぐっすり眠れるし」

伊良部が眉一つ動かさずに言う。

「はあ……」

そう言われると反論できず、裕也はマサルと草むしりをした。

「北野君、今度、W大に連れてってよ。でもって美人の女子大生、紹介してよ」

マサルが作業をしながら言った。

「一人で行け。誰でも自由に入れるよ」

「冷てえな。そんなんだから、仲間外れにされるんだよ」

「ふざけるな。目上に対する口の利き方を知らないのか」

「おれ、中学に入ってすぐ登校拒否になったから、部活に入ってないじゃん。だから敬語を使ったことねえの」

マサルが開き直って笑っている。

「そんなこと自慢するな。そんなんでこれからどうするんだ」

「うそー。おれ、コミュ障の大学生に説教されちゃった」

「うるさい。あっちへ行ってろ」

裕也はいい加減頭に来て叱りつけた。

「そう言うなよ。おれたち仲間じゃん」

「仲間のわけがあるか」

マサルを怒鳴りつけながら、はっとした。今、自分はちゃんと喋っている。赤面もなく、大きな声も出せる。試しに「夏の思い出」を口ずさんだ。

「夏が来ーれば思い出すー。遥かな尾瀬《おぜ》、遠い空」

「なんで歌ってんのよ。気でも触れた?」とマサル。

「うるさい。あっちへ行ってろ」

裕也が蹴飛ばすポーズをする。裕也はひとつ発見した。口も利きたくない人間とは、緊張せずに話せるのだ。何かのヒントを得た気分である。

「おーい、バイト君たち。草むしりが終わったら、次は倉庫の中にある運動器具を磨いておいてね。ボルト類の増し締めも忘れないように」

主任がやって来てまた仕事を言いつけられた。二度もバイト君と呼ばれ、人ちがいでもしているのかと疑念が湧いて来る。伊良部を探すと、入居者とパターゴルフをして遊んでいたので聞いてみた。

「先生、また仕事を言いつけられたんですが、それも治療ですか？」

「もちろん。何か？」

伊良部が澄まし顔で言う。納得がいかないが、逆らうことも出来ずやることにした。

「おれら絶対バイト代わりにこき使われてる。先生、前に言ってたもん。老人ホームが人手不足で困ってるって」

マサルが顔をしかめて言う。ただその口ぶりはどこか楽し気だ。彼にとって、一人で自室に籠っているよりは遥かにましな時間なのだろう。その点については裕也も同じである。

結局、一日老人ホームで働かされ、くたくたになって家に帰った。よく眠れたことだけが収穫だった。

3

大学には頑張って行くようにしていたが、授業は教室の最後列でノートを取り、ゼミのフィールドワークはメールのやり取りだけで済ませていた。ただこの先、発表会のためのミーティングは避けられず、それを思うと憂鬱でならなかった。そんな裕也をメンバーたちは明らかに敬遠していて、メールに返事が来ないこともままあった。そんなときはじっとしているのがつらくて、家の近所を無目的に歩き回った。大学生にとって、周りから無視されるのは恐怖でしかない。

「要するに北野さんは、ボッチを恐れているのね」

病院に行くと、伊良部がコーヒーを飲みながらのんびりした口調で言った。ボッチとはひとりぼっちの今風の言葉である。

「やーい。ボッチ、ボッチ」

今日も診察室にいるマサルが、すかさず囃《はや》し立てた。

「そんなことはないです。自分は友だちとつるんでないと不安でしょうがないというタイプじゃないし、どちらかと言えば単独行動を好む方じゃないかと思うんですが……」

裕也が強く否定する。自意識が強かったせいか、昔からみなと一緒のことをするのが嫌だった。

「じゃあ、自意識過剰かな」

すると伊良部に、見事に言い当てられる。隣でマサルが「先生、それどういう意味?」と聞いた。

「常に自分は注目されていると勘違いするタイプ」

「やーい。勘違い男、勘違い男」とマサル。

「うるせえ。なんでお前がおれの診察に口を挟むんだよ。関係ねえだろう」

裕也はさすがに頭に来て声を荒らげた。

「北野さん、怒らないの。グループ・セッションの仲間同士なんだから」

仲間同士と言われてさらに不快になる。マサルも同じなのか、「うえっ」と声を発し、顔をしかめた。

「じゃあ、行動療法に移ろうか。今日はモスクのバザーがあるから、そこでイスラム教徒のみなさんと親睦をはかってもらうね。で、その前に注射。おーい、マユミちゃん」

伊良部が名前を呼ぶと、看護師のマユミがワゴンを押して登場した。例によって順に注射を打たれる。

「マユミさん、彼氏いるんですか?」

マサルが生意気な口を利くと、マユミは物も言わずマサルの鼻をつまみ、力を込めて捻《ひね》り上げた。「痛てててて」マサルが涙目で悶《もだ》えている。

伊良部の運転する車に乗って、病院近くのモスクに行った。ソフトクリームのような屋根がてっぺんに載ったイスラム教の寺院である。イスラム教徒でもなければまず入ることのない場所だ。

「先生、よく来てくれましたね」

出迎えたのは在日イラン人会の会長とやらで、伊良部とは旧知の間柄のように見えた。

「会長さん、この二人、自由に使っていいから」

「それは助かるね。みんな忙しいから人手が足りなくて困ってたのね」

「その代わりペルシャ絨毯《じゅうたん》の値引き、よろしくね」

「オッケー、オッケー。先生の値引き分はほかの日本人客に上乗せしておくから。あははは」

伊良部と会長が笑って握手している。裕也は啞然としてその様子を眺めていた。ペルシャ絨毯？　値引き？　嫌な予感ばかりが膨《ふく》らむ。

別のイラン人が現れ、裕也とマサルを先導する。連れて行かれた先は厨房だった。

「ナンを焼くから、その生地《きじ》作りをするのことですね。力を入れて練ること。はい始め」

目の前に大きな瓶があり、小麦粉や水などが用意してあった。イラン人から指導を受け、手で練っていく。量が多いので結構な重労働だった。たちまち玉の汗が噴き出る。

「おれたち何やってるの？」裕也が言った。

「ボランティアじゃないの？　伊良部先生からはそう聞いているけど」マサルが答える。

「マサルは納得してやってるわけ？」

「納得なんかしてないけど、おれ、伊良部先生のところに行くと、親が一回千円くれっからよー。要は金だな。へへ」

そう言ってワルぶるが、マサルには病院が学校代わりなのだろう。

生地作りは一時間ほどかかった。腕の筋肉はパンパンで、スマホを持つことも出来ない。すると今度は、同じイラン人に手招きされ、裏手に連れて行かれた。そこには薪《まき》がいくつも積んである。

「ナンを焼く窯《かま》の火は薪じゃないとだめね。だから、薪割りすること」

イラン人が、使用人に命じるように言う。どうにも腑に落ちないが、逆らうことも出来ず、二人で薪割りをした。もはや汗みどろである。

「これってボランティア搾取だろう」裕也が言った。

「何よ、サクシュって」マサルが聞く。

「辞書で引け」

「へっ。大学生のくせに説明もできねえでやんの」

マサルの憎まれ口はもはや定番である。

結局、二時間近くを肉体労働に費やし、へとへとになって礼拝堂に戻ると、そこは民芸品や衣類が並べられ、マーケット会場になっていた。中は中東系の人たちでごった返している。伊良部を探すと、アラブの民族衣装を着てランプを売っていた。昭和のアニメのハクション大魔王のようである。

「先生、何をしてるんですか」裕也が聞く。

「何って、チャリティーバザーじゃん」と伊良部。

本当にチャリティーかよと言いたかったが、言葉を呑み込んだ。

「ナンの生地作りと薪割り、終わりましたけど」

「じゃあ次はバザー。モスクの前の通りでワゴンセールをやってるから、そこで通行人に商品を売ってね」

「先生、これってホントに治療なんですか」

「あら？　疑うわけ？」

「だって、意味がわからないというか……」

「あのね、社交不安障害はコミュニケーションをとることが何より大事なの。見知らぬ通行人に声をかけて、物品販売をする。もっとも有効な行動療法でしょう。これはソーシャル・スキル・トレーニングと言って、医学界でも認められた療法なの」

「じゃあ、肉体労働は何なんですか？」

「だから自律神経を整えるため。この前も言ったじゃない。とにかく一人でいるとだめなの。まずは家から出る。そして汗をかく。とても大事なことなんだから」

伊良部はあくまでも真顔だった。ただ、脇腹でも軽くつついたらたちどころに噴き出してしまいそうな雰囲気もないではない。

納得できないまま礼拝堂から出ると、通りに面したスペースにテントが張られ、いくつもワゴンが並んでいた。ここにも人だかりが出来ていて、客の半分は通りすがりの日本人だ。日本人の目には同じ顔に見えるイラン人スタッフに指示され、御香《おこう》の販売ワゴンをひとつ任された。「ノルマは五万円ね。売るまで帰さない」またも居丈高《いたけだか》に言いつけられた。

「あのう。伊良部先生とあなた方とはどういう関係なんですか？」

裕也は恐る恐る聞いた。

「あの先生、わたしたちの貿易会社からペルシャ絨毯をたくさん買ってくれたのはいいけど、まだお金払ってませんね。だから、いろいろ手伝ってもらうの当然のこと」

スタッフが唾を飛ばして捲《まく》し立てる。裕也は脱力した。なにがボランティアだ。

仕方なくワゴンの横に立ち、セールスを開始した。

「いらっしゃーい。アラブのお線香が安いですよー」

呼び込みの声を発するのはマサルだ。引きこもりの中学生のくせに物怖《ものお》じしないのが不思議である。

「おれだけかよ。北野君もやれよ」

マサルにせっつかれ、裕也も声を出そうとした。しかし口を開けると、声帯が消えてしまったかのように声が出ない。

「情けねえ大学生。やーい、コミュ障、コミュ障」

マサルがまたうれしそうにからかった。

「うるせえな。いい加減にしろよ。中学生のくせに大人をからかうんじゃねえ」

思わず声を荒らげる。ただ、マサル相手だと大声が出るのはどうしてか、自分でも説明がつかない。

しばらく立っているとイラン人の男の客が来た。いくらかと聞くので、値札を指さしたら、男は鼻で笑い、「いくらになるのか」と聞き直した。

「ぼくではわかりません」裕也が正直に答える。

「じゃあ、わかる人間を連れて来なさい」

男が威張って言うので、本部テントに聞きに走ると、主催者の答えは「ノー・ディスカウント」だった。裕也がワゴンに戻ってその旨を告げる。

「そんなはずはない、もう一度聞いて来なさい」

男は聞く耳を持たず、再度値引きを要求する。

裕也は再び本部テントに走った。しかし主催者は、「ノー・ディスカウント」を繰り返すばかりである。

「すいません。やっぱりまけられないそうです」

再度告げると、客は一層語気を強め、「イラン人を連れて来なさい」と、摑みかからんばかりに喚《わめ》き散らした。

またテントへ行く。同じ答えが返ってくる。ワゴンに戻って告げる。客が顔を真っ赤にして喚く。そんなことを何度か繰り返しているところへ、伊良部がやって来た。

「北野さん、何してるの?」

「いえ、このお客さんがまけろって怒り出して……」

裕也が事情を説明すると、伊良部は「北野さんは真面目だなー」と眉間に皺をよせ、客のイラン人と交渉を始めた。

「十個買ってくれたら一個ただにしてあげる」

「十個もいらない。五個でいい。それで一個ただにして欲しい」

「近所に配ればいいじゃん。感謝されるよ」

「近所の日本人、みんな知らない」

「だから、これを機に近所付き合いすればいいじゃん」

「日本人、冷たい。我々とは目も合わせない」

「恥ずかしがり屋なの。線香を配って日本とイランの国際交流を図ればいいじゃん」

「じゃあ六個」

「八個」

「七個」

「しょうがないなあ。七個で一個おまけね。その代わり、中でケバブ食べて行って。ナンも焼けてるから。お願いね」

伊良部が折れると男は納得したのか、財布を取り出した。二人が笑顔で握手を交わす。

「先生、すげー」

マサルが伊良部に尊敬の眼差しを向けた。

「いいんですか？　勝手に値引きして」と裕也。

「あのね、彼らの商売は最初に吹っ掛けるのが通常なの。値段交渉はコミュニケーション。応じないと対話拒否ととらえられるの」

「いや、でも、値段の交渉までは……。だいいち伺いを立てたらノー・ディスカウントって言われたんですよ」

「それは建前だから真に受けないの。君らどうせただ働き……、じゃなくてボランティアなんだから、そこまで責任を感じることはないじゃない」

「はあ……」

「とにかく対話が大事。どうせ二度と会わない人なんだから、恥ずかしがる必要はない。しかも半分は外国人。北野さんがこの場でウンコ漏らしても、鼻をつまむくらいで明日には忘れるって」

「ウンコって……」

ただ、そう言われると、少しは気が楽になった。確かに、この先二度と会わないとなれば、恥をかいても平気である。

「いらっしゃーい。ご通行中のみなさん、見ていってください」

裕也は試しに声を出してみた。おお、出た。一歩前進である。

「イランの御香はいらんかね、なんちゃって」

日本語の分かるイラン人が声を上げて笑ってくれた。自分のジョークに人が笑うなんて東京では初めてのことだ。ますます気持ちが高揚した。

「おれにやらせてよ」マサルも負けじと、呼び込みを始めた。「そこのおばさんたち、イランの御香はどうですか？　お安くしますよ」

「おばさんとは何よ。まだ三十代よ」

日本人の主婦グループに叱られている。ただ中学生ということで面白がられ、線香を買ってもらえた。

そんなこんなで、バザーの売り上げは順調に伸びて行った。目に見える成果を得るのは久し振りのことで、裕也はうれしくなった。大学に行って積極的に振る舞えるかどうか、まだ自信はないが、かすかな糸口を見つけた気がする。

そこへ学校帰りの中学生のグループがやって来た。アラブの民芸品が珍しいのか、興味津々の体《てい》で見て回っている。女子の中学生グループも現れた。彼女たちは民族衣装を試着させてもらい、スマホで写真を撮って盛り上がっている。バザーが急に賑やかになった。

ふとマサルを見やると、急に黙り込み、青い顔で俯いていた。

「どうした？　同じ中学生だぞ。何でも売りつけてやれよ」

裕也が促す。マサルは体を硬直させ、返事もしなかった。そして目を合わせないまま、踵《きびす》を返して走り出した。

「マサル、どこへ行くんだよ」

背中に声をかけるが振り返りもしない。マサルは一目散にモスクの中へと走って行った。いったい彼に何があったのか。裕也は近くのイラン人にワゴンを見ていてくれるよう頼み、マサルを追った。人をかき分け、モスクの中を探す。するとマサルは、礼拝堂の隅で貧乏揺すりをしながら立っていた。何も見えていないかのように目の焦点も合っていない、その姿は怯《おび》え切った小動物のようである。

裕也は、原因がさっきの中学生グループだと直感した。通っている中学の同級生たちなのか、それともたまたま通りかかっただけの見知らぬ中学生なのか、それはわからないが、マサルは中学生の一団を見てパニックに陥り、その場から逃げ出した。そうとしか思えない。

放っておくわけにもいかず、近寄って声をかけた。

「気分でも悪いのか」

「何でもない。立ち眩《くら》みがしただけ」

マサルが目を合わせずに答える。

「それにしては走ってたじゃないか」

「いいじゃん、そんなこと。北野君には関係ねえよ」

マサルは強がりを言った。ただ声は震えている。

これ以上聞いても逆効果だろうと思い、裕也はそっとしておくことにした。それに別のことが頭に浮かび、聞き出すことを躊躇《ためら》わせた。同年代の中学生に怯える彼の姿は、東京での生活で萎縮する自分そのものだ――。

裕也は伊良部のところに行き、たった今目にしたマサルの件を伝えた。すると伊良部は眉を八の字にして、「そっか。中学生が来たか」とつぶやいた。

「放っておいて大丈夫ですか？」と裕也。

「いいよ、だいいち社交不安障害の気付け薬なんかないんだもん」

伊良部が肩をすくめて言った。

「社交不安障害って、じゃあぼくと同じ病気なんですね」

「そう。だから二人でグループ・セッションを組んだの。互いを見てれば自分の病気が客観視できるでしょ？」

裕也は伊良部の言葉にうなずいた。自分が中学生だったら、マサルと同じように強がりを言うだろう。だいいち、自分が故郷の家族や友人に吹聴する都会での暮らしぶりは、全部うそだ。

「マサルは帰国子女でね、シンガポールのインターナショナル・スクールにいたんだけど、白人と中国系生徒のどのグループにも入れなかったみたい。それがトラウマになって、帰国してからは虚勢を張りまくってね。要するに、馬鹿にされたくないっていう気持ちが人の十倍くらい強くて、日常のすべてに気負っちゃってるわけ。失敗が怖いから部活にも入らない、何もチャレンジしない。おれは本気出せば凄《すご》いんだって、言い訳ばかりしてる。一度恥をかけば楽だよって教えたいんだけど、まあ中学生にはむずかしいかな」

伊良部の話を聞き、裕也はすべてが腑に落ちた。マサルが事あるごとに裕也をコミュ障とからかうのは、本当は自分こそがコミュニケーション障害で、そうと気づかれるのが怖いからなのだ。乱暴な言動は、気の弱さを必死で隠そうとしているからなのだ。

そう思うと急に同情心が湧いた。中学生で学校に行けない辛さは、大学生の比ではないだろう。義務教育だから恰好《かっこう》がつかない。

「今日のところはもう接客は無理かな。口が利けなくなっちゃってるんだから。じゃあ、また二人でナンの生地作りをお願いね」

「えっ、ナンですか？」

「そう。丁度よかった。ナンが売り切れちゃったのよ」

「先生、あれは結構な重労働なんですけど……」

裕也が不満を隠さず言った。腕の疲労はまだ取れていない。

「だから治療だって何度も言ってるじゃん。単純労働は自律神経の調整に打ってつけだって」

伊良部が腹を突き出して抗弁する。そこへ厨房からイラン人がやって来て言った。

「先生、早く誰か寄こして。でないとペルシャ絨毯の溜まった支払い、値引きできないよ」

「うおほほほほん」

伊良部が不自然な咳払いをする。

「先生、あとでバイト代、請求しますからね」

裕也が目を細くして言うと、伊良部は下唇を剝き、「うー」と唸っていた。

マサルは醜態をさらしたことを気にしたのか、意気消沈した様子だった。裕也とは目も合わせず、黙ってナンの生地を練っている。裕也はこの中学生を救ってあげたくなった。と言って、自分もまた同じ穴のムジナなのだが。

4

週が明け、裕也は思い切ってゼミのフィールドワークに参加した。メールのやり取りで大部分は済むものの、それを続けていたらますます人と会うことが怖くなり、発表会から逃げ出してしまいそうな気がしたからだ。集合場所のカフェに行くと、メンバーは裕也が来たことに驚き、表情はぎこちなかったものの、表向きは歓迎してくれた。リーダーの佐々木が「北野って実在の人物だったんだ」と冗談を飛ばし、みんなで笑っている。裕也も笑って返したかったが、いざ同年代の男女と対面すると、顔が強張り、汗がどっと噴き出た。

この日は千代田区の番町で調査を行った。江戸時代は旗本《はたもと》屋敷が並ぶお屋敷町で、明治以降は政治家や軍人が住む由緒《ゆいしょ》ある住宅街だった。今はマンションが立ち並ぶが、街のブランド力は東京随一である。

区役所で入手した古地図を頼りに二人一組で街を歩く。かつてのお屋敷がどの建物に変わったのか、写真を撮って回り、白地図に書き込む作業だ。

「北野君、メモお願い。四番町の東郷通り西側、旧山本邸、現在はメゾン××、ハイツ××ほか、四棟の共同住宅に変わってる」

コンビを組んだ女子が調査結果を読み上げ、裕也はタブレットを手にしてメモ入力した。しかし手が震えてうまく入力できない。だめだ。自分は変わっていない。目の前が真っ暗になった。

「北野君、どうかした？」

「ご、ごめん、文字が打てない」

裕也は正直に言った。もう隠し通すことに無理があるのだ。

「どういうこと？」

「お、おれ、病気なんだ。しゃ、しゃ、社交不安障害。昔、対人恐怖症って呼んでた病気で、びょ、病院にも通ってる」

裕也がつっかえながら訴える。声が震え、顔が熱くなった。女子は少し考え込んでから「わかった」と言った。

「わたしなら気にしない。たぶん、みんなも気にしないと思う。だから、出来ることだけやって。メモはわたしが取る」

女子が裕也からタブレットを取り上げ、小さく微笑《ほほえ》んだ。

「みんなに黙ってた方がいい？　話した方がいい？」

「は、は、話していい」

裕也は懸命に答えた。心の中にあるのは、マサルへの思いだった。二人とも川を渡らなければ、人生を先に進めない。ならば先に渡るのは自分だ。自分が克服できなければ、マサルを助けられない。

「実はさあ、わたしたちゼミの先生から聞いてるのよ。北野君は心の病《やまい》らしいから、みんなでサポートしてあげてくれって」

「そ、そう」

裕也は胸が熱くなった。自分から勝手に距離を取っていただけで、心配してくれる人がちゃんといたのだ。

「だから、無理しないで。休みたいときは休めばいいし」

「あ、ありがとう」

裕也は泣きそうになった。ただ、感情表現がうまくできないため、泣かずに済んだ。

「夏が来ーれば思い出すー、遥かな尾瀬ー、遠い空」

「北野君、なんで歌ってるの？」

「いや、歌なら歌えるかと思って」

「変わってるね。ははは」

女子がおかしそうに笑っている。同年代の女子にウケたのは上京して初めてだ。そう思ったら裕也はますます胸が熱くなった。


翌日、伊良部のところへ行くと、相変わらずマサルが診察室に入り浸《びた》り、プレステで遊んでいた。

「いらっしゃーい。今日は何の肉体労働に励もうか。うちの病院の倉庫整理なんてプログラムもあるんだけど」

伊良部も一緒になってゲームをしながら言う。

「お断りします」

裕也は毅然と拒否した。

「あら？　治療を拒否する気？」

「そうじゃなくて、もっと即効性のある行動療法を希望します」

「へー。言うじゃん。自分から治そうって気になったんだ。それは感心」伊良部が向き直り、言った。「でもそれだと、ショック療法が一番ってことになるんだけど」

「構いません」

裕也が答えると、伊良部は一瞬考え込んだ後、不気味に表情を崩し、「実は試してみたい行動療法があったんだよね。それをやってみよう」と言った。

「ぐふふふふ」奇妙な声で笑っている。

嫌な予感がするが、希望したことなので後には引けない。今の裕也は、一度自分を壊したい気分なのである。


行動療法の実施日に指定されたのは十月末の日曜日だった。日曜日？　と裕也は訝《いぶか》ったが従うしかない。しかも病院ではなく渋谷に来いと言う。果たして電車を乗り継いで行ってみれば、ハチ公前広場は人で溢《あふ》れ返り、交差点の向こう側が見えないほどだった。そして目に飛び込んだのはカラフルな衣装やメイクで仮装した若者たちである。裕也は今日がハロウィンであることを思い出した。しばらくしてスマホに伊良部からメールの連絡が入る。《公園通りにスクールバスが停まっているから探しておいで》との内容だった。人ごみをかき分けて行くと、派手な黄色いバスが路肩に停車していて、窓から中を覗くと、マサルを含む何人かの少年たちがシートに座っていた。

「北野さん、乗って、乗って」

伊良部がうれしそうに手招きする。車内に入ると、各種の衣装が山のようにあり、どうやら渋谷恒例、ハロウィンの仮装パーティーに参加するらしいと裕也は理解した。

「今日はうちに通院してる不登校の男子中高生を集めたの。どうせ暇だからみんなで仮装してパレードをしようって趣旨。北野さんもよろしくね」

「はあ、でも何のために……」裕也が聞く。

「治療に決まってるじゃん。恥を捨てる練習。社交不安障害の一番の要因は、恥をかくことへの恐怖心だから、まずそれを克服するの」

伊良部がもっともらしく言った。

「先生、マジでやんの？　おれ、かったりーんだけど」

マサルがベンチシートに寝そべって言う。

「だめ、だめ。全員、パンツ一丁になれー！」

伊良部は手にした竹刀《しない》でシートを叩き、大声を出した。みんな渋々服を脱ぐ。

「よーし、じゃあ衣装を渡す。みんな、ちゃんと着るんだぞ」

伊良部が紙袋に仕分けしてあった衣装を配った。裕也も手渡され、中の衣装を広げると、ミニのメイド服だった。フリルがたくさん付いている。

「先生、こ、これは……」裕也は啞然として聞いた。

「メイドカフェのコスチュームじゃん。秋葉原で人気の」

「本当に着るんですか?」

「そう。着るの。治療だから」伊良部が命令口調で言う。

「先生、勘弁してよ。怪獣の着ぐるみとかならまだしも、男がこれ着たら変態じゃん」

マサルが不平たらたらの体で言った。

「口答えするなー! さっさと着替えろー!」

伊良部が体育教師のように竹刀でバンバンとシートを叩く。裕也と中高生たちは仕方なくメイド服を着た。鏡が用意されていたので、それに映すと我ながら気持ち悪い。マサルが裕也を見て「うえーっ」と吐く真似をした。

「マサルも鏡を見てみろ」

裕也が言い返す。ほかの少年たちはみんな顔をしかめていた。

「よーし、じゃあバスから降りて。バスは道玄坂の方に先回りして行くから、そこまでみんなで行進すること」

「先生は一緒じゃないんですか?」と裕也。

「ぼくはバスを運転しないといけないから同行できないの。北野君が一番年上だからリーダーに指名するね。みんなはチームだから。年下の面倒をちゃんと見ること。ほら、降りた、降りた」

強引にバスを降ろされ、公園通りの歩道に立った。走り去るスクールバスを見送る総勢七人。不登校の少年ばかりだから当然テンションは低く、硬い表情でカルガモの子供のように身を寄せ合っている。この集団はハロウィンで賑わう街中でも異様で、ほかの仮装した若者たちから奇異の目を向けられた。ただ、彼らが笑顔なのは今日が仮装パーティーの日だからだ。

「よし、じゃあ行くか。どうせ今日は目立ちたがり屋ばかりだ。みんな、負けないで堂々と歩こう」

裕也がカラ元気を出し、先頭で歩き出した。

「北野君、ちょっと待って。足がすくんで動けない奴がいる」

出発してすぐにマサルが横に来て言った。

「誰だよ」

「コータローって同い年の奴。不登校三年目でおれより長いんだよ」

「しょうがないなあ」

裕也はコータローのところまで行き、一緒に歩くよう説得した。

「誰も気にしてないよ。ほら、そこの女の子のグループを見てみろよ。全身にアルミホイル巻いて電飾を点けて歩いてるぞ。人間ネオンだぞ。狂ってるよ。あれに比べればおれらなんかたいしたことないだろう」

「わかった」

コータローが目を伏せたまま言う。

「おい、元気出せ。お前、川崎から来てんだろう。どうせ知り合いなんかに会わねえよ」

マサルも一緒になって励ました。

路地を抜け、センター街に入ると、もはや真っすぐ歩けないほど人で埋まっていた。大半が仮装した若者で、あちこちで声を張り上げ、盛り上がっている。メイドカフェのコスチュームを着た裕也たちは、この中ではかなりの年少チームのためか、若者たちから珍しがられ、男女区別なく「イエーッ」「ヒューッ」と歓声を浴びた。

アーミールックの女の子たちから記念撮影を求められ、一緒にスマホのレンズに収まる。ほかからも声がかかった。「君らいくつ?」「どこから来たの?」――。裕也は新鮮な思いにかられた。こうした他人との交流は上京して初めての経験である。チームのみんなも同様だろう。他人を恐れ、ずっと部屋に閉じこもっていたが、外に出てみれば自分は人気者だった――。

そうこうしているうちに、みんなの緊張が解けて来た。おどおどしていたコータローは白い歯を見せ、マサルは顔を紅潮させ、跳ねるように歩いている。裕也は、行動療法だと言う伊良部の言葉を信じる気になった。なるほど、人の中に飛び込むのにハロウィンはうってつけだ。

結局、道玄坂に行くまで三十分以上かかった。たくさんの人に呼び止められ、記念撮影をしたり、会話を交わしたりしたからだ。もっとここにいたい。そんな気持ちだった。

路肩に停まっていたスクールバスを見つけ、乗り込むと、伊良部が奇抜な衣装を身にまとって待ち構えていた。黄金のふんどしに、黄金のマント。頭には派手な冠《かんむり》が載っている。

「先生、その格好は……？」裕也が眉をひそめて聞く。

「ハワイのカメハメハ大王を真似たんだけどね」

伊良部はそう答えてにんまり微笑むと、「さあ、君らも着替えて。パレードの第二幕だよ。今度はぼくも参加するから」と言った。

与えられた衣装を見て各自がぎょっとする。南の島の民族衣装のような腰巻とふんどし、そして短いチョッキだった。

「先生、おれやだよー。ほとんど裸じゃん」マサルが大きな声で言った。

「おれだって。恥ずかしいよー」他からも声が上がる。ただし完全に拒絶している感はない。みんな、勘弁してくれよと思いながら、面白がっている。

「だめ、だめ。治療なんだから。みんな今日を最後に学校へ戻るんだぞー。このパレードはそのための儀式だ」

伊良部が、今度は模造刀を振り回して言う。仕方なくみんなで民族衣装に着替え、バスから降りると、そこにはいつの間にか神輿《みこし》台があった。たった今、トラックがデリバリーしてきたようだ。神輿台の上には椅子がある。裕也はいやな予感がした。

「先生、これは？」

「レンタルしたの。何でもあるよね、日本は」

「先生。もしかして、先生がこれに乗って、ぼくらが担ぐんですか？」

「さすがは大学生。察しがよろしい」伊良部が眉を上下に動かして言う。

「冗談じゃねーよ。これって患者ハラスメントだろう」

マサルが大人びた台詞で抗議した。

そんな声にお構いなく伊良部が神輿台の椅子に座る。なるほど恰幅《かっぷく》がいいからカメハメハ大王に見えなくもない。

「さあ、みんなで担げー！」

伊良部が号令を発し、裕也たちは渋々担いだ。七人いるからさほどの重さではない。道玄坂を下り、再びセンター街を練り歩く。伊良部の乗る神輿台を見て、あちこちから「おーっ」というどよめきが上がった。一斉にスマホのレンズが向けられる。伊良部は王様のように手を振っている。

「先生、本当は自分がやりたかっただけだろう」マサルが文句を言った。

「治療、治療」伊良部は意に介さない。

その間にもどんどん人が寄って来て、本当にパレードの様相を呈して来た。お祭りだから、みんなノリがいい。どこからともなく花吹雪が舞った。ふと横を見ると、看護師のマユミがSMの女王スタイルで立っていた。腕組みをし、同じような格好の仲間と一緒に笑って見ている。

「よーし、このままスクランブル交差点に突っ込むぞー！」と伊良部。

「先生、それはまずいんじゃないですか。警察に止められますよ」

「治療、治療」

だめだ。この医者は狂っている――。裕也はやっとわかった。伊良部は元々、思考回路がおかしいのだ。

ただ、伊良部の診察室に通うようになって、自分が変わり始めていることも感じた。人と関わることは、もうそんなに苦痛ではない。

もはや人の流れには逆らえず、伊良部を乗せた神輿台はスクランブル交差点の縁に差し掛かった。信号が青に変わる。「ワッショイ！　ワッショイ！」取り囲むみんなが声を張り上げていた。

「そこの神輿のグループ！　危険ですから止まってください！」

警察車両の屋根に乗った警官がマイクでがなり立てた。それでも神輿は止まらない。

「交差点に入らないで！　無許可で路上に出ると、道交法違反になりますよ！」

「行け、行けー！」周囲が焚《た》きつける。後方から押される形で、裕也たちの足も止まらなかった。

もういいや、行っちゃえ――。

「うおーっ」

裕也は、渋谷スクランブル交差点の真ん中で雄叫《おたけ》びを上げた。

奥田英朗（おくだ・ひでお）

一九五九年、岐阜県生まれ。プランナー、コピーライターなどを経て、九七年『ウランバーナの森』で作家デビュー。二〇〇二年『邪魔』で大藪春彦賞、〇四年『空中ブランコ』で直木賞、〇七年『家日和』で柴田錬三郎賞、〇九年『オリンピックの身代金』で吉川英治文学賞を受賞。『ヴァラエティ』『罪の轍』『コロナと潜水服』『リバー』など著書多数。

コメンテーター

二〇二三年五月十日　第一刷発行

著　者　奥田《おくだ》英朗《ひでお》
発行者　花田朋子
発行所　株式会社　文藝春秋
〒一〇二―八〇〇八
東京都千代田区紀尾井町三―二三
電話　〇三―三二六五―一二一一
印刷所　凸版印刷
製本所　加藤製本
組　版　萩原印刷

ISBN978-4-16-391687-3